The Insurrection in Dublin

都柏林城事

［爱尔兰］詹姆斯·斯蒂芬斯／著

马依草　熊秀莹　管昕玥／译

中国青年出版社

（京）新登字083号

图书在版编目（CIP）数据
都柏林城事／［爱］斯蒂芬斯著；马依草等译. —北京：中国青年出版社，2015.3
（作家与城）
ISBN978-7-5153-3094-5

Ⅰ.①都… Ⅱ.①斯…②马… Ⅲ.①杂文集—英国—现代
Ⅳ.①I561.65

中国版本图书馆CIP数据核字（2015）第008494号

责任编辑：李　茹　liruice@163.com
特约编辑：王瑜玲　徐　心　熊秀莹　吕杭蔚
装帧设计：瞿中华
封面插图：李清睿

出版发行：中国青年出版社
社址：北京东四十二条21号
邮政编码：100708
网址：www.cyp.com.cn
编辑部电话：（010）57350508
门市部电话：（010）57350370
印刷：北京科信印刷有限公司
经销：新华书店
开本：787×1092　1/32
印张：5.25
字数：75千字
版次：2015年3月北京第1版
印次：2015年3月北京第1次印刷
定价：26.00元

本图书如有印装质量问题，请凭购书发票与质检部联系调换
联系电话：（010）57350337

目录

缘起·代序

“作家与城”系列是一套奇妙的作品。

之所以说是“奇妙”，一是缘于成书的方式——图书的引进、实现者就是它的读者，这些古老的经典，借由互联网的思维方式在当下呈现。

书的选题全部来源于中国最大的译者社区——“译言网”用户自主地发现与推荐，是想把它们引进中文世界的读者们认定了选题，而这些书曾影响了那个时代，这些书的作者成就了作品，也成了大师。

每本书的译者，在图书协作翻译平台上，从世界各地聚拢在以书为单位的项目组中。这些天涯海角、素昧平生，拥有着各种专业背景和外语能力的合作伙伴在网络世界中因共同的兴趣、共有的语言能力和相互认同的语言风格而交集。

书中的插图是每本书的项目负责人和自己的组员们，依据对内容的理解、领悟寻找发掘而来。

每位参与者的感悟与思索除了在译文内容中展现，还写进了序言之中，将最本初的想法、愿望、心路历程直接分享给读者。因此，序也是图书不可分割的内容，是阅读的延伸……

所以，这套书是由你们——读者创造出来的。

二是缘于时间与空间的奇妙结合——古与今、传统与现代在这里形成了穿越时空的遇见。

百多年前的大师们，用自己的笔和语言，英语、法语、德语、日语……来描摹那时的城市，在贴近与游离中抒发着他们与一座城的情怀。而今天的译者们，他们或是行走在繁华的曼哈顿街头，在MET和MOMA的展馆里消磨掉大部分时间；或是驻足在桃花纷飞的爱丁堡，写下“生命厚重的根基不该因流动而弱化”这样的译者序言；

又或者流连在东京的街头，找寻着作为插图的老东京明信片……他们与大师们可能走在同一座城的同一条路上，感觉着时空的变幻，文明的演化，用现代的语言演绎着过去，用当代的目光考量着曾经的过往。

然后，这些成果汇集在了“译言·古登堡项目”中，将被一个聚合了传统与现代的团队来呈现。这里有——电脑前运行着一个拥有着400多位图书项目负责人、1500多名稳定译者，平台上同时并行着300多个图书项目的译言图书社区小伙伴们；有对图书质量精益求精的中青社图书编辑；有一位坚持必须把整本的书稿看完才构思下笔的设计师……一张又一张的时间表，一个又一个的构思设想，一次又一次的讨论会……

就这样，那些蜚声文坛的大师们、那些他们笔下耳熟能详的城市带着历史的气息，借由互联网的方式进入了中文世界，得以与今天翻开这本书的你遇见……

好的书籍是对人类文化的礼赞，是对创作者的致敬。15世纪中叶，一个名叫约翰内斯·古登堡的德国银匠发明了一种金属活字印刷方法。从此，书籍走出了象牙塔，人类进入了一个信息迅速、廉价传播的时代，知识得以传播，民智得以开启，现代工业文明由此萌发。

今天，互联网的伟大在于它打破了之前封闭的传承模式，摒弃了不必要的中间环节。人的一生何其短暂，人类文明的积淀浩如烟海，穷其一生的寻寻觅觅都不可能窥探其一二。而互联网给人们、给各个领域以直面的机会，每个人都可以参与，每个人都有机会做到。人类文明的积淀得以被唤醒、被发现，得以用更快、更高效的方式在世界范围内传播。

“让经典在中文世界重生”——“译言·古登堡项目”的灵感是对打开文明传播之门的约翰内斯·古登堡的致敬。这个项目的创造力，来自于社区，来自于协作，来自于那些秉承参与和分享理念的用户，来自于新兴的互联网思维与历史源远流长的出版社结合在一起的优秀团队。

从策划到出版是“发现之旅”——发现中文世界之外的经典，发现我们自身；是“再现之旅”——让经典在中文世界重生。这套作品的出版是对所有为之付出智慧、才华、心血的人们的礼赞。

这是多么奇妙的事情，多么有意思的事业。

我的朋友，当你打开这本书的时候也是开启了一段缘。我们遇见了最好的彼此。也许，你就是我们下一本书的发现者、组织者或是翻译者……

所以，这就让这段“缘起”代序吧。

作者小传

詹姆斯·斯蒂芬斯（James Stephens）（？—1950年12月26日）是一位爱尔兰小说家和诗人。作品种类丰富，涵盖了小说、诗歌、选集、杂集、通讯文、文学评论等，代表作主要有《金坛子》《半神》《迪尔德丽》《爱尔兰神话故事》《国王和月亮》等。当中许多作品以全新的方式讲述了爱尔兰的神话故事，幽默感十足，同时不乏抒情。他的几部原创小说也是从爱尔兰的神话故事中汲取灵感。《金坛子》更是经久不衰，不断为后人所传颂。他的作品极大限度地保留了爱尔兰的文化特色，向读者传达了爱尔兰的风俗习惯，记录了爱尔兰一个伟大的转折，至今我们

仍能在都柏林市中心的作家博物馆里找到他的作品。

不过人们不清楚这位伟大作家的出生年份，连他自己也不记得。据说他两岁时，父亲就去世了，母亲则改嫁他人。由于他的母亲曾在爱尔兰革命领导人科林斯的家里干活，科林斯后来收养了这个无家可归的孩子。他与另外两个被收养的孩子一同被送往米斯郡新教技术学校（当地的一家孤儿院）。斯蒂芬斯的身高仅有160多厘米，由于身材矮小，人们亲切地称他为“小提姆”。在校期间，他和其他两个被收养的兄弟托马斯和理查德赢得了好几项田径比赛的冠军。斯蒂芬斯自小就有英雄情结，痴迷科林斯家族英勇的部队故事，要不是体型的原因，他肯定会当一名战士。同时他还自学了速记法，毕业后成为一名律师的速记员。工作期间他并未放弃对文学的兴趣和热情，他阅读大量文学作品，并开始创作诗歌和小说。虽然他从未接受过正式的文学教育，但他的作品中均体现出天赋和出色的文学能力。著名爱尔兰诗人乔治·威廉·拉塞尔（George William Russell）阅读过他的诗歌手稿后，对他的才华表示赞赏。斯蒂芬斯于1905

年出版了最早期的故事，不到两年就被世人称为“爱尔兰天才”。在拉塞尔的帮助和鼓励下，斯蒂芬斯于1909年出版了第一本诗集《起义》，这部作品与他后期关于1916年都柏林起义的回忆录同名。1911年，他在《爱尔兰文学评论》上推出首部小说《女佣的女儿》，为他在当时人才辈出的爱尔兰文学界赢得一席之地。《金坛子》的出版则为他迎来人生中的第一个成功。这部当代奇幻小说描述了两位哲学家、小妖精和爱尔兰诸神之间的神奇故事，被认为是微型小说的经典之作，并赢得了1912年的波利尼亚克奖。随后斯蒂芬斯推出另外一部奇幻小说《半神》，原本他打算出版五卷爱尔兰神话故事，但最后只完成了两卷，取名为《半神》。这部作品讲述了三位天使降临人间，去陪伴一名魅力十足的爱尔兰流浪汉，获得了金奖。从那时起，斯蒂芬斯的创作基本上建立在耳熟能详的爱尔兰传奇故事之上。

斯蒂芬斯婚后育有两子，其家庭生活并未被外人所熟知。他将毕生的精力都投入保护爱尔兰的文化、艺术、语言和文学。作为爱尔兰艺术方面的权威，多年来他一直担任都柏林博物馆的副馆长。斯蒂芬斯长期奔波于巴黎、伦敦和都柏林。1912年，斯蒂芬斯接受托马斯·柏德金（Thomas Bodkin）的建议，前往巴黎，直至1915年才回国。18世纪30年代，他认识了爱尔兰伟大的作家詹姆斯·乔伊斯（James Joyce）。乔伊斯误以为斯蒂芬斯与自己同年同月生，他当时正忙于完成《芬尼根守灵夜》，担心自己能力有限，于是希望斯蒂芬斯能助他一臂之力，提议两人为此书的共同作者，署名为"JJ&S"（跟当时在爱尔兰本土流行的威士忌名称相同）。然而这个计划并未实施，乔伊斯最终凭一己之力顺利完成了这部作品。1922年，斯蒂芬斯移居伦敦，成功转型为一名英国广播公司的播音员，其节目得到了公众的好评。1937—1950年，他录制了超过70期谈话节目。即使是在第二次世界大战爆发期间，他仍然坚持录制节目，不断提升自己的英语水平，直至去世前，他仍在录制节目。1947年他被都柏林圣三一学院授予文学荣誉博士。

斯蒂芬斯最具影响力的作品非《都柏林的暴动》莫属。这是一部杂集，于1916年出版，以日记的形式描述了作者在1916年复活节起义期间的所见所闻，从普通百姓的角度讲述了这场起义在都柏林甚至整个爱尔兰的历史意义。更值得注意的是，他有多位好友都在这场起义中牺牲。他的好友托马斯·麦克多纳（Thomas MacDonagh）也在这场起义中被处决了。

1916年4月24日的复活节，在都柏林发生了一场声势浩大的武装暴动，是自1798年爱尔兰起义以来最具历史意义的起义，后来被世人称为“复活节起义”。当时的欧洲深陷于第一次世界大战中，硝烟四起，英军忙于与法国在战争前线周旋，无暇顾及偏居一隅的爱尔兰。这为爱尔兰的民族独立运动提供了难得的机会。复活节清晨，爱尔兰共和兄弟会（IRB）帕特里克·皮尔斯（Patrick Pierce）和市民军首领康诺利（Conolly）带领1000多名志愿军揭竿而起，迅速占领了都柏林市中心的各个主要机构，邮政总局被作为志愿军的指挥部。皮尔斯在最繁华的街道萨克维尔街上高声朗读了著名的《复活节宣言》。

“在上帝与缔造了古老民族独立传统的诸位先烈之名义下，爱尔兰，以吾等之口，号召她的儿女们集合到她的旗帜之下，为她争取自由！”

——选自《复活节宣言》

志愿军都是一群来自中产阶级和无产阶级的青年，他们怀抱着革命的理想，渴望寻求爱尔兰的自由和独立。英国派遣了2万名英军前往都柏林，迅速包围了市中心，并对起义军所占领的地区进行大规模的炮轰。由于志愿军缺乏战略意识和重型武器装备，仅仅6天，这场起义就遭到了政府军的镇压，宣告失败。帕特里克·皮尔斯及其他12名起义领袖随后便被送上军事法庭，以叛国罪处以极刑。

虽然这场起义从军事角度而言是失败的，但它促进了国内民众爱国主义意识的苏醒，是爱尔兰独立的里程碑。起义初期，国内民众态度暧昧，并未对起义表示明确的态度。然而经过短短6天的枪林弹雨，民众逐渐意识到爱尔兰独立的重要性。

这场起义也唤醒了斯蒂芬斯内心的爱国主义，这份情感让他与其寄养的家庭渐行渐远，双方分歧越来越大。20世纪初期，斯蒂芬斯的政治倾向偏向于社会主义，呼吁社会各界重视保护爱尔兰语，他自己能流利使用爱尔兰语。

然而自1912年起，他成了一名彻头彻尾的爱尔兰共和党人。当时与他相交甚密的是托马斯·麦克多纳（Thomas MacDonagh）。麦克多纳曾是《爱尔兰文学评论》的编辑，掌管着爱尔兰剧院，同时也是圣·恩达学校的副校长，后来成为1916年复活节起义的领袖之一。起义失败后，麦克多纳也难逃一死。斯蒂芬斯眼看着多位起义领袖（包括他多名好友在内）被枪决，就好比眼看着“血从门缝底下不断往外涌”。

主要作品：

— Insurrections《起义》（1909）
— The Crock of Gold《金坛子》（1913）
— The Marriage of Julia Elizabeth《茱莉亚·伊丽莎白的婚礼》（1913）
— The Insurrection in Dublin《都柏林的暴动》（1916）
— Irish Fairy Tales《爱尔兰神话故事》（1920）
— Deirdre《迪尔德丽》（1923）
— In the Land of Youth《青春之地》（1924）
— Kings and the Moon《国王和月亮》（1938）

熊秀莹整理

前言

起义的前一天正好是复活节的周日，人们都忙着在教堂里欢呼“基督复活了”，而紧接着的第二天，他们又聚到街上呼喊着“爱尔兰复活了”。能在这一刻和她在一起，我们都觉得无比荣幸。这所有的预兆看来都是不错的，我想我们预期的目标也都算是完成了。因为我坚信她不会再卑微到尘埃里，不会再被埋没。从这一天开始，这个神圣的复活节周，每一天都在翻开起义新篇章。这看似匆匆掠过的一瞬，却定格成了非凡而独特的一刻，而作者总是能将这些时刻描绘得准确而立体。

这本书中的一些章节并非就是这场起义的史实。对这场起义我一无所知。当下，我对它也还是一无所知，也许到若干年后，这场起义的真相才会浮出水面，为世人所知。而我所写的，无非是陈述了下这座城市的四分之一区域内刚发生的故事，同时也是在这将近两周时间里的流言蜚语和悬念剧情的集合。而就在这两周里，这些无数的流言与悬念，却是都柏林人唯一关注的新闻信息，就像面包之于人一样的重要。

今天，5月的第八天，这本书完稿了，而就当爱尔兰成为关注焦点时，这场暴动也结束了。主动权现在落到了英格兰的手中，他们成了能够定义和决定这场暴动究竟是结束了，还是平定了的一方。

关于对这个国家的制裁，英国的那些政治家似乎很少有所谓的政治想象力。有时候他们会偏向公正那么一下下；有时候，或者说经常性的情况下，他们并不公正。从某一刻开始，我变得厌恶甚至鄙视所谓的公正。公平公正是上帝所有的属性，只有他能够妥善地处理这些问题。在人与人之间，没有什么道德约束能够做到像上帝一样仁慈地给予最完美的答案。我也从没奢望过这次所谓的人类伦理鉴定能够代替上帝的公平公正。不过我基本没有在文中提及这些，因为我想那些善良的人们需要的是去享受这些文字带来的欢笑，这还能有助于他们消化系统的运作呢。

我对人类充满信任，但我不相信政治家。不过我相信世界在不停地前进，我相信这个转动星球的重量将为爱尔兰带来自由的风。是的，我把这一天定义为爱尔兰自由之路启程的第一天，这份信念可以让我不去沉悼于那些因此牺牲的好友。

也许这不值一提，但我还是想说，事实上爱尔兰并没有因此战栗；相反，她还因此而兴奋，变得更加活泼。她并没有参与这场起义，但是数月后她将参与，她那颗凋零的心即将再次因那些愿意为她而死的人们温暖起来。她会让自己变得更值得拥有这份忠诚，并且让这份忠诚永远追随。那一点点的动力就足够让我们掀起对爱尔兰的澎湃心潮。

描述这些情节对英国读者有什么益处吗？除了急性子的坏毛病之外，他们从未脱离过英式思想。到了今天这样的危急时刻，这些英式思想却变成了迄今为止最无用的思想。在这殊死的结点，他们不能更觉无力了。于是乎，英格兰也变成了爱国者，仅仅是因为国家当下需要爱国者。在和平时代，爱国者只是庸人一枚，而非猛鲨一头。理想主义者往往兴于和平年代，而死于战争年代。我们的理想主义者已亡，而你们的也将在数小时内灭亡。

那些英国脑袋们大概今天终于开始读懂了我们到底是怎么回事，也开始理解为何这几个世纪以来我们都过得如此“痛楚”。就让他们好好地看看我们，我不是说去看那破败街道上还燃着的烟雾，而是透过北海翻腾至瑞士的云雾，去读懂他们灵魂中关于过去各场起义以及这一场的真理所在。

难道说英国在欧洲还有朋友？我就这么认为。他们当下的那些盟国都是昨日的敌人，而政治关系变化就是决定他们下一步关系走向的唯一因素。我这么觉得，但目前也不完全确定，就是她（英格兰）还是有一位潜在朋友的，只要她不觉得有一位朋友也嫌多，也会拖累她。这一位潜在朋友就是爱尔兰。我敢保证，如果我们两国间的问题能妥善处理，两国间的敌意就没有任何理由继续留存，取而代之的将是太多建立友谊的理由。

可能这个提议会被否决，因为爱尔兰的利用价值太低，领土面积太小，人口数量也少到无法帮助任何盟国。六十余年前，我们的人口数量就将近一百万，而到现在我们还是没有太多的新生人口。在面积上，爱尔兰不是一个大国，但也并非微不足道。萧先生[※1]曾把爱尔兰称为“一个神奇而偏远的长圆白菜的地方”。如果以这样的方式来形容，那罗马可能就被叫作“鸡棚”了，而希腊就是“后院”了。而一个严肃的事实是，爱尔兰的地域面积其实比任何一个欧洲独立繁荣王国都要大。从人类生活以及社会需求角度来说，爱尔兰其实是一个大国，同时也是一个美丽富饶的可开发之地。如果有充满美意与信任的任务交付于她，你将发现，她是一个值得被了解、被尊重的国度。

我相信当这场浩大的战争结束时，“征服海洋”的意

※1 萧伯纳（George Bernard Shaw，1856—1950），爱尔兰剧作家，因为作品具有理想主义和人道主义而获诺贝尔文学奖。（译注）

志会义无反顾地在各个国家的每一双手、每一个充满雄心壮志的胸膛间传递。而对英格兰来说，她一定从未如此着急地要寻找一个伙伴。确实，我们可能是她的敌人，或者说我们也有去小小伤害她一下的可能性——但更值得相信的是，我们可以成为她的朋友，可以在真正意义上帮助到她。

我们的友谊应该让那些政治家去拍板决定吗？用他们创造的那一点点早就提出过的政治理想？那就让英格兰以自由之名来装备我们（这是英格兰欠爱尔兰的债），但不是以一个吝啬鬼的姿态去安排一个穷苦女亲戚的艰辛生活，而是以一位富有的父亲妥善安顿自己儿子生活的方式。我担心我这样讲会不会太逗笑读者了，不过也就这点过头的笑是有益健康的。

如果爱尔兰获得了自由——正如我所相信的那样——那么复活节起义就是那唯一一件早该发生的事了。暂时不考虑其他因素，我单纯以一位爱尔兰人的身份表态：如果爱尔兰用尽全力后，自由真如美好礼物般来临，但如果那份所谓的和平礼物的到来，是像什么时候想起就随手赠人一磅茶叶那般的随意，那么爱尔兰会带着一脸的耻辱去接受这份礼物，这份象征着她几个世纪以来的抗争，却以一个笑话结尾的礼物。想象中美好的国家蓝图是带领着人民向自由迈进的蓝图，但是当这份预想的蓝图搅和进此类可怕的事物，那么勇士之血该去完成、去圣化这个使命。而这一年在爱尔兰，这份蓝图及相关的思想意识都停滞不前。在这般温顺的状态下，可预见的结果就是失败，如果不是失败，也至少会被震慑到。而战争的发生（看在我们那份骄傲的分上，称它是场战争），也起因于爱尔兰还没能够勇敢地承担起她的继承权。我们就好像是被驯养着的人，慢慢地向着自由爬行了许久。而现在，我们好像是开始被允许以战争的名义向自由进军。我始终呼吁的那份政治想象蓝图是英格兰允许爱尔兰正式与她讲和，并且这份和平将是持久的、永恒的，但如果给我们的自由是有限制、有猜疑，以及吝啬的，那这份并不值得接受的“自由”将让人根本不知道该如何去感谢。

在前几页有引用到一封我写给萧伯纳先生且发布在《新时代报》的信。这封信有些欠考虑，随后发生的事件也已经证明它不仅无意义，还有些荒谬。不过之后，我还是在那份热情友好的杂志上向萧先生道了歉，但因为该有的影响已经漫布空中，我的表态也被理解为赘述。在那封信里，在这本书中，我做出的关于他的每一个论述都是错误的。后来，当政治目的开始被极力掩藏起来时，他开始追逐公正开明，像位勇敢的思想家一样，当然，也是作为一位伟大的爱尔兰人。

由于在这个国家发生的上述事件有进一步的发展，情况不再相同。诛刑早已执行，人们不能理直气壮地去呵斥军事法庭所采取的措施。看在顾全两国的利益的分上，这行为也是该受到谴责的。

我说过，爱尔兰并不辛酸，这个陈述在写作的时候还是真实的。虽然它不再真实，但仍寄希望于慷慨的政治家来缓解这一问题，更重要的是牢牢锁住爱尔兰和英格兰之间真正意义上的联合。

星期一

是的，每个人都因此震惊。我想除了领导者之外，连那些志愿起义者自己也为这一切感到惊异。然而，就在今天，宁静的城市不再宁静：枪声四起，响彻全城每个角落，冷不丁还伴有机枪声突突作响。

从两天前开始直至当下这一刻，战争看似还很遥远。远到我还跟自己立下了个约定——要学习识谱。因为汤姆·博德金答应我要让我见识一种叫作德西马琴[※1]的乐

※1 德西马琴（dulcimer）：又称锤击式德西马琴（hammered dulcimer），也有人把此称为爱尔兰扬琴。爱尔兰语中的“tiompán”就是指锤击式德西马琴。扬琴起源于中东，后来传入爱尔兰经过改良后用来演奏。（译注）

器。虽然知道这琴的原理是用小棒敲击小金属片使其发声，但我还是坚持认为它属于吉他的一种。不过我承认，恰恰是对其功能的这种描述让我对它产生了偏见，而不仅仅是有点怀疑。我没什么理由去质疑这样的一个乐器，但我又很难想象单用小棒敲击就能奏出乐曲。有了这琴，就算我身处异乡，也可以敲击出爱尔兰旋律，让自己神归故里，就那么几分钟，或者去到几间小酒吧……

为了迎接这份礼物的到来，我整个周末都在学习音阶音符。线条上的音符和空格倒没让我觉得多麻烦，但那些或上或下的线条看上去精妙而复杂，足以吓着我了。

周六的时候，我买了份《爱尔兰时报》[※1]，在里面看到了一篇萧伯纳的长文（转载自《纽约时报》[※2]）。人们都读萧先生的文字，我也并不太清楚他们为什么阅读这些文章。不过这大概是多年前就养成的一个习惯。阅读萧

※1 《爱尔兰时报》（*The Irish Times*）：爱尔兰的主流大报，创建于1859年，总部位于首都都柏林。（译注）

※2 《纽约时报》（*New York Times*）：美国纽约出版的日报，在全世界发行，有相当的影响力。（译注）

先生的文章就好像是早上起床穿鞋一样——就像是不用思考，也不求酬劳的一种行为。

他的文章着实把我气到了。文章名叫作“在爱尔兰的爱尔兰式废话”。这篇文章以他刻意营造的友好而欢乐的氛围写就（和他绝大部分新闻评论类文章类似）——这是他自己的风格——实质上就是虚伪而不真实的那一套。

友好而欢乐！这是饱经世故者的一种态度，就像是经营店铺一样的态度，那种“你与我不是同一等级同一素养”的态度。就像是诈牌的人，或者用骗术的人的那种腔调。

这就是萧先生文章的基调。我在《新时代报》发表了一封给他的公开信，因为我对都柏林的报纸是否会印刷这封信表示怀疑。而不读这些都柏林报纸的爱尔兰人基本上也没怎么听说过萧伯纳，对他们来说，好销量的利默里克优质培根的那些商标更值得关注，他们不会在意那个名叫萧伯纳的人的观点——主题与培根无关。

我从文章里删去了很多对他的犀利评价，因为我希望他能够回复我，这样我就能在第二封信中塞满对他的尖酸评论了。

这是周六的时候。

周日那天我还得去办公室，因为领导去伦敦了。我在那儿把自己全身心投入了五线谱的音符上，虽然最终还是放弃了练习，并认定这些神秘的东西对人类来说太高端，无法驾驭；而那些悲哀地纠缠着我的五线谱上的知识其实也并没有那么复杂，真的纠缠着我的是一些别的东西。

我回到了家。由于现在小说（也许仅仅是在战争期间）已经不能引起我的兴趣了，我就看了会儿布拉瓦茨基夫人写的《秘密主义》，这本书深深地吸引着我。乔治·罗素出城去了，否则我晚上就会去他家，告诉他我对萧先生的看法，然后听听他在其他各个问题上的更好的想法。于是，我就上床睡觉了。

次日清晨，我在完全的暴乱以及血腥的战争中醒来，不过我对此一无所知。那是个银行假日※1，只是像矿场这样的地方可没有假期。所以我同往常一样来到办公室，在

※1　银行假日（*Bank Holiday*）：爱尔兰公共假日。银行假日都是在周一。（译注）

办理了必要的业务之后又把自己投入五线谱间的音符世界中，并再一次地惊叹于人类的精巧才智。整座大楼都是和平的气息，就算有人知道关于战争的情况或者流言，也并没有人与我提及。

1点的时候我去吃午饭。在经过梅林小道街角的时候我看到有两撮人在那儿朝着圣斯蒂芬绿地公园※1的方向坚定地注视着。他们偶尔会带着不太信任的表情彼此说说话，这说明他们之间并不认识。我没有接近他们，倒是也往那个方向看了看，除了由窄而宽通向公园的街道之外什么也没看见。有少数人踌躇地站着，也正盯着那一个方向。当我转身回家的时候，我觉察到了沉静的气氛以及一种期待和兴奋。

在回家的路上，我注意到很多人沉默地站在自家门口，这在都柏林的后街可不是件寻常事。都柏林男男女女

※1　圣斯蒂芬绿地公园：（英语：St Stephen's Green，爱尔兰语：Faiche Stiabhna）爱尔兰都柏林市中心的一座公园。它经常被非正式地称为斯蒂芬绿地，其面积为22英亩，是都柏林主要的乔治风格广场中最大的一个公园。如无特别说明，后文中简称的“绿地公园”均指代圣斯蒂芬绿地。（译注）

的视线基本都传达着对每个出现的过路人的不满，甚至还有些敌意。而我通过时，他们每个人表情坚定，其中还包含着一种询问而不是批评。我隐隐地感到不安，为了拉回思绪，我把曾自我约定的每日冥想用在当下，就这样一路向家走去。

而就在那里，我被告知整个早上都枪声弥漫。我们得出的结论是新兵或志愿军分队在进行演习。我返回工作的路就是刚才走来的同一条路。在梅林小道，我发现了同样的沉默人群，他们仍在盯着公园的方向，以陌生人的聊天状态不时地在说着什么。我突然心血来潮找到了其中一个观望者。

“这里有发生过什么事情吗？”我说。

我说明了是指那些站着的人。

“这些人都在干吗？”

他是个看起来昏昏欲睡、潦草打扮的40岁左右的中年男子，有着红色的粗短胡子和在水手中常见的一双大瞳距眼睛。他瞪着我看，似乎我是来自另一个国家的人一样。他开始清醒，渐渐有了些生气。

“你难道不知道？”他说。

之后他发现我确实不知道。

“新芬党[※1]的人今天早上已经占领了这座城市。”

“哦！”我喊道。

他接着用一种令人惊讶的近乎野蛮的正经语气说道：“他们上午11点的时候占领了城市。公园里全是他们的人。他们已经占领了城堡和邮局。”

“上帝啊！”我盯着他说道，然后立马转身跑向绿地公园。

几秒钟后我从惊讶中清醒过来，开始走了起来。当我靠近绿地公园时，枪声像急剧开裂的鞭子一样响起。这是从更远的地方传来的。我看见大门关了起来，人们站在里面，肩膀上扛着枪。我经过一座房子，窗户都被砸坏了。我遇到一个身着便衣的男人，他悄悄穿过公园的大门，然后门就瞬间在他身后关上了。男子朝我跑来，我停住了脚

※1 新芬党（Sinn Feiner）：（爱尔兰语中Sinn Fé in中文译为“我们”）一个北爱尔兰社会主义政党，由前爱尔兰共和国总统亚瑟·格里菲思在1905年建立。新芬党也是爱尔兰共和军的官方政治组织；新芬党主张建立一个全爱尔兰共和国。（译注）

步。他手里拿着两个小包裹，匆忙地从我身边跑过，一迈进我身后房子的破窗户中就消失了。几乎同时，另一个身着便衣的男子从另一座房子的破窗户中出现，他手里也拿着一些东西（我不知道是什么）。他急切地跑向大门，门打开了。在他进去后，门又再一次地关上了。

手推车和摩托车组成的一个简陋的路障被布置在了公园这一侧的中央，其间还有很多空隙。在那后面有一辆停着的电车，还有其他几辆已经废弃的也停放在那儿。

我向那个路障走去。等我走到那儿（路障对面就是谢尔本酒店），突然一阵响亮的哭喊声从公园传来。大门被打开了，里面跑出三名男子，其中两个拿着带刺刀的步枪，另一个人手里攥着一把沉重的左轮手枪。他们跑过去，将一辆刚刚转过街角的汽车叫停。拿着刺刀的那两个人一下子就占据了汽车两侧的位置。拿着左轮手枪的人敬了个礼，我听到他请求驾乘者的原谅，并让他们下车。一男一女从车上下来。拿枪的人再次行礼，并要求他们去路边，他们都照做了。

备注——当我在写这段文字的时候，枪声正不断地从三个不同方向传来。三分钟之前，有两声重机枪的响声。这是在这次暴乱中首次使用重武器，4月25日。

那名男子穿过马路，站在我身边。他是个又瘦又高的中年人，消瘦的脸刮得很干净。“我今天想去阿尔玛来着”，不知道他是在对谁说。他眼睛下面松弛的青色皮肤有些抽动。志愿军指挥司机把车开到路障那儿并停到一个特定的位置。他笨拙地尝试了三次之后才成功。他是个高大的男人，面色发褐。他坐在那儿，膝盖明显有些高过座椅。他们在用一个强力的弹簧不断地快速拽着什么东西。他表情镇静，完全服从命令，尽管他的腿并不这样。他将车锁进路障里面。作为一个习惯了被指挥的人，他又开始等待新命令的下达。命令一来，他就会径直走向发令者，并依然保持着他特有的严肃。两个男人彼此没有说一句话，但是他们呆板无神的双眼中却充满着惊讶、恐惧和愤怒。他们走进了酒店。

我开始和拿着左轮手枪的人说话。他也就是个男孩，绝对不会超过20岁，身材不高，有着紧密卷曲起来的红发和一双蓝眼睛——一个看起来不错的小伙子。他宽边帽的带子已经松散在了一边，除非他用牙齿咬住，否则会一直拍打着他的下巴。他的脸被晒得很黑，被灰尘和汗水弄得有些脏。

在我看来，这个年轻人并不是按照自己主观思维而采取的行动。他是为了那个先前被灌入脑中的信念在忙碌——大概被灌输了有几天或者几个星期之久。那他的思绪去哪儿了？至少没有和他的身体在一起。他的眼睛不断地在搜寻着，寻找着某个空间。眼神匆匆扫过云彩，扫过街景，寻找那些不会妨碍他的东西，让他的思绪暂时从眼前的紧迫和严酷局面上飘开……

我刚开始说话的时候，他还看着我，但我知道有那么几秒钟他并没有真的看着我。我说：

“这些都是什么意思，到底发生了什么？”

他回答得足够镇定，但眼神却依旧飘忽浑浊。

“我们占领了这座城市，并且做好了随时应对军方攻击的准备。那些人，”他指的是聚集在公园后面的那些男人、女人和孩子，“他们不会离开。我们占领了邮局、铁路和城堡。我们占领了整座城市。一切都是我们的。”

（有几个男人还有两个女人跑到我身后来听这对话。）

“今天早上，”他说，“警察突袭了我们。其中一个冲向我夺走了我的手枪。我开火了，不过没打着。我击中了一个……”

“你话太多了。”有人对那个年轻人说。

我转身走开几步，向后瞥见他在我身后盯着什么看。不过我知道他并没有在看我，他是在看着这片混乱和血腥，还有那些跑向他又跑开的人们——这是一个运转中的世界，而他却惊讶地站在其中。

和他在一起的男人都没吭声，他们的岁数都要大一些。其中一个身材不高但是很结实，留着很多白色的胡子。他很镇定，完全没有留意那天空，或者某个空间。他看到一个穿着橡胶衣服的男人将手放在了路障中的一辆摩托车上，立刻对他喊道：“别碰!”

那个骑手并未立即放手，白胡子男人双手握着枪大步径直跑向他，直到两人身体相触。相比骑手，白胡子男人比较矮，他向上盯着骑手的脸，大声吼起来：

“你聋了吗，你聋了吗？退后！”

在坚定的、如同锋利刺刀般的冷酷眼神下，那名骑手离开了。

又有一辆摩托车从绿地公园靠近艾利广场的转角驶来，摇摇晃晃地出现在了路障那边。已经回到大门那儿的三个人喊道："停车！"但那名骑手试探性地转了下车轮。更多呼喊声传来，那三个男人便向他跑了过去。

"把车开到路障那儿去。"有人命令道。

那个骑手又把车轮转得远了一点，准备离开。突然其中一个人用枪戳了下车轮，轮胎被戳爆了。他们议论了一番，然后就有人喊道：

"就用轮毂开，快点！"

说话的人语气很凶。骑手慢慢地把车开向设好的路障那儿，停在了那里。

我在城里走了一个小时，到处都能看见一撮一撮小声说话的陌生人群。我意识到我所听到的事情是真实的——这座城市已经陷入了暴动。承诺了这么久，威胁了这么久，现在真的来了。我在公园看到的场景，别人在其他地方也看到了——同样墨绿衣着全副武装的人拿着枪、刺刀和弹药带，同样沉默的行动。警察从街上消失了，我一个都没看见，这种情况已经持续好多天了。听说有警察今天早些时候遭到了枪击，一位警官在波多贝罗桥上被击毙，许多士兵被杀了，还有很多市民也死了。

我在战争的流言中走着，死亡弥漫在周围的空气中。枪声不断地在各个方向噼噼啪啪地响起，有时只有一声枪响，紧接着是一连串的枪声伴随着一声短促的爆炸，然后是鞭子一样的噼啪声和回音。短暂的寂静过后，枪声又会再次响起。

关于很多地方——桥梁、公共场所、火车站、政府部门已经被占领的流言不断，并且没有人否认。

我遇到了少数几个我认识的人，P.H.，T.M.。他们说："哦！"然后紧盯着我，好像想在我身上搜寻出什么信息。

不过街上并没有很多人。更多的人都去过银行假日了，他们对此并不知情。他们之中的很多人都不会知道发生了什么，直到他们发现自己必须从金斯敦、达尔基、霍斯，或是其他什么地方走路回家。

我回到了办公室，决定关门一天。当我进来时，人们都松了一口气，而当我命令敲钟的时候，他们就更是松了口气。只有很少几个人在那儿，很快也就被叫走了。外面的大门都锁上了，而房门，我让值班的人待到晚上。我们是最后一个开着的公共机构，其他的机构在几个小时之前就关闭了。

我上楼坐了下来，但是屁股还没沾上椅子，就又站了起来。我开始在房间里踱步，来来回回，来来回回，惊讶、期待、焦急。我耳朵听着枪声，思绪却中途从枪声飘走开始推断思考，一个想法没想完，下一个想法又冒出来了，我强迫自己坐下来练习五线谱功课，却突然发现自己又开始在地板上走来走去了。各种想法在我脑中炸开，就好像他们从一个隐蔽的炮台那儿冲着我开火一样。

5点的时候，我离开了，遇到P小姐，她听到的传言正好和我搜集到的吻合。她很关注这事，却也带着很强的幽默感看待。和她分开后，我又碰到了Cy，我们一起去了绿地公园。途中，枪声越来越清晰，但当我们到达公园的时候，它又消失了。我们站在谢尔本酒店楼下，看着路障，望进公园里面，却什么也看不到。一个志愿军都没有，整座公园看起来像个荒原，只能看见树和其间绿色的草皮。

就在这时，一名男子踏上了人行道，并直接走向路障。他停下脚步，握住了在中间的一辆货车的车轴。在那一瞬间，公园突然恢复了生机和声响，不知从哪儿冒出来的武装人员出现在栏杆那儿，全部冲那个男人喊着：

“放开那辆货车！放手离开！现在就放手！”

也就是喊声而已，那个人并没有放手。他手中握着车轴停在那儿，看向嘈杂的栏杆处，然后非常缓慢地开始将货车拉出路障。喊声又冲着他响了起来，声音又大又凶，但他并未在意。

“那辆货车是他的。”我旁边的一个声音说道。

当这个男人缓慢地将他的货车拉到人行道上时，死一般的寂静笼罩在人们周围，接着是连续三声枪响。这个距离是不会打偏的，很明显他们是想吓唬他。他放下车轴，并不是要离开，而是走向了那群志愿军。

“他有病。”身后另一个声音传出。

这个男人径直走向志愿军，他们差不多有十个人，站在栏杆后面排成一排。他走得很慢，身体微微前倾，举起的一只手一根指头伸了出来，仿佛准备做一个演讲。十把枪正瞄准着他，一个声音重复着：

“去把货车放回去，不然你就得死。在我数到四之前：一、二、三、四——”

一枪打向了他，在抽动了两下之后，这个男人滑了下去倒在了地上。

我和其他一些人跑向了他，一位女子以相同的调子厉声尖叫，无畏而刺耳。这个男人被带到了艺术中心旁边的一所医院。他脑袋顶上有个洞，如果没有见过血液凝结在头发上的样子，你都不知道这会有多令人厌恶。当这个可怜的男人被抬进去的时候，一个女人扑通一声跪在路上，并不是尖叫，而是痛苦地哭喊。

那一刻，志愿军被深深的仇恨所包围。刚刚在我旁边的男人抬起身子，冲着栏杆大喊：

“我们会回来找你算账的！见鬼去吧！”

栏杆那边没有回应。一瞬间，这个地方再次变得荒芜而安静，绿色的草坪沉睡在大树中间。

似乎没有人可以估算出公园里面的人数，这些天也没有看到许多人，仅仅是那些守着大门的人，以及一些三四人组成的小团体在为了路障而到处扣车。他们之中的一些人还仅仅是孩子——一个看起来约莫12岁的男孩。他趾高气扬地走在路中间，小手握着一把很大的左轮手枪。一辆乘有三个人的汽车来到他边上，他用最短的时间把车放进了路障，拿着武器的手晃了晃就将目瞪口呆的乘客赶下了车。

人群正在越来越多地聚集起来，现在那些去近处过银行假日的人也开始漫步回来了。对他们来说，所有事情都还需要重新解释一遍。在这个城市里要去哪里还是自由的，但是不断传来的爆破声和枪响在某种程度上限制了这种自由。直到半夜1点，那些晚归的旅行者还在向市里蔓延，好奇的人们走来走去，仍在试图搜集信息。

我一直睡不着，直到凌晨4点。每5分钟就会有一声枪响不知从哪里传来。但是大概12点差一刻的时候，从波多贝罗桥的方向传来了一阵炮火连发的声音，在一段时间之后才渐渐散去。我公寓的窗户朝着绿地公园，斜对着萨克维尔街。又过了一刻钟，绿地公园方向又传来一阵炮火连击的声音。这阵猛烈的炮火持续了大约25分钟，之后就又变成了零星的噼啪声，接着就停止了。

我大概4点才上床睡觉。我想公园很快就被军队占领了，起义应该结束了吧。

那是暴动的第一天。

三一学院中心广场

三一学院钟楼

星期二

闷热低压的一天，灰蒙蒙的天空下着瓢泼大雨。

我出门去办公室，想着这场暴动应该已经结束了。在街口，我问人暴动是不是都结束了，他说没有，而且应该是更严重了。

流言是从这一天开始的，我想这流言估计也得过个几载才会消停。《爱尔兰时报》发布了仅有官方公告的一期，该公告表示虽然邪恶的人们扰乱了和平，但是当下形势仍在控制之中。这条公告中用了三行字来指出这是一场新芬党在都柏林发动的起义，除此之外，这个国度还是安静祥和的。

没有英格兰或者其他国家的期刊送达，也没有人收发信件。所有商店都关门了，街上也没有任何交通工具。除了铺天盖地的流言之外，没有任何其他方式可以获取任何信息。

军队和政府似乎是措手不及。昨天是银行假日，很多军官都去赛马或者休假了，而且上周日爱尔兰政府的重要成员都去了英格兰。

看来昨天宣布的那一切都是真的，这座都柏林城已经完全在志愿军的掌控下了。他们已经夺下并洗劫了雅各布饼干厂，并把它变成了由他们控制的一个堡垒。他们夺下了总邮局，并在其周围设立路障，还有10英尺高的沙袋堆、铁丝网。所有窗户都是开着的，沙袋堆得大概有他们人身那么高，与此同时，粮食、蔬菜和弹药在持续不断地输入。他们挖了壕沟，准备围攻其中的某个城市军营。

目前，德国和爱尔兰之间交往频繁，主要还是通过潜艇来运送机枪、步枪和弹药到爱尔兰的海岸边卸下。所以也有人认为整个国家都已经开始起义，很多大的城市、区域都在志愿军手中了。科克军营在其长官在克拉赛马时被夺取，群龙无首的状况下往往最容易被攻克。

但也有人说，德国带着数千名壮士，已经降落在了爱尔兰，还有许多爱尔兰裔美国人和德国官员也已带着充足的军事装备抵达爱尔兰。

就在前一天，志愿军宣布成立爱尔兰共和国※1。成立仪式在市长官邸前的台阶上进行，宣言据说是圣恩达皮尔斯宣读的。共和军和志愿军的旗帜高高挂起在市长官邸。志愿军的旗帜有垂直的三种颜色：绿色、白色和橙色。又有报告说克里无线电站被夺下，关于这个共和国的新闻也飞到了国外。流言满天飞。

另有报道说，有约8000名来自英格兰的士兵分两批在夜晚登陆爱尔兰，又有一队骑兵去攻打总邮局，最终被对方火力击退。派遣骑兵去街头战场实在是愚蠢。

与此同时，据说人们比较偏向于这些镇守总邮局的骑

※1　爱尔兰共和国（英语：Irish Republic，爱尔兰语：Poblacht na hÉireann或Saorstát Éireann）是在1916年复活节起义中宣告，1919年由第一届爱尔兰国会成立的单方独立宣言的爱尔兰国家。它的存在于1919—1922年在爱尔兰共和军和英国部队之间进行的爱尔兰独立战争期间，于1922年结束战争的《英爱条约》被批准后正式停止存在。32郡中26郡成为爱尔兰自由邦，其余6郡继续作为北爱尔兰留在联合王国内。（译注）

兵们这边，特别是女人们。她们还用砖块、瓶子、棍子去攻击起义军，一边还哭喊着：

“你们会去伤害那些可怜的人吗？”

还有其他一些愤怒的女士竟威吓起志愿军，质问他们：

“你会伤害这些可怜的马吗？”

无可厚非，这世界上最好的人们就居住在都柏林。

骑兵们退到萨克维尔街的街口，在那儿的人群都去抚摸那些马匹，这使得他们在街口被包围了好一会儿。如果他们不了解爱尔兰，那对他们来说，这应该就像是一场奇怪的暴动。

志愿军准备在邮局旁设置路障，却被涌来的人群阻扰，影响了他们的进度。其中一名志愿军格外引人注意。他撑着一把女士雨伞，只要有人捣乱，他就飞过路障追出半条街，然后用雨伞狂打捣乱者的头。世界的神奇之处不是爱尔兰处于战争状态，而是在狂击数小时后，这伞却没有破。后来志愿军夜袭了码头，据说武装军队被打得措手不及，6车弹药也被抢占。这个大概不是真的。不过他们还说，志愿军在凤凰公园建起了军火库。

晚上萨克维尔街还有人抢劫，不过已经有20个劫匪被志愿军枪决了。

被攻击的商店，主要是男子服饰用品店、鞋店和糖果店。好多糖果店都遭到了洗劫。直到这场起义结束前，糖果店都是这些劫匪的最爱之处。抢劫糖果店——听起来真的很滑稽——就像孩子一般的天真。大概大多数劫匪都是在享受人生唯一幸福时刻的孩子——有吃不完的糖果。他们尝到了以前没有尝过，可能以后再也尝不到的甜头。对他们来说，这场1916大暴动一直都会充满着甜美回味，直至离世的那一刻。

我去了绿地公园。在梅林小道的街角，有一匹马躺在步道的血泊中。它身上有两处枪伤，而这潺潺的血流是来自它被切断的喉咙……

透过在绿地公园的栏杆，可以看到4具尸体横陈在地上。他们是死去的志愿军。

雨一直下，而狙击手的子弹也一直在绿地公园和谢尔本酒店之间穿梭不断。谢尔本酒店再过去一点的地方，我看到又有一个志愿军在栏杆里向外挪出了点身子。他没有死，只能看到他时不时无力地伸出满是鲜血的手求救，却看不到他的脸。他无力地瘫成一团，雨滴无情地坠落在他身上；他已全身湿透，凌乱不堪，不能再悲惨了。谢尔本酒店那儿还是持续的枪林弹雨，他的同伴无法救出满身负伤的他。旁观者说，他的同伴已经尝试好多次去援救他了，但估计直至夜幕降临他都只能留在原地，等待救援时机到来。

圣三一学院楼顶和窗户那儿也有人在狙击，不过谢尔本酒店的步枪手和对面绿地公园的志愿军的交火更激烈。

我回去的时候在酒店门口待了会儿，数了数窗户上留下的枪眼。落地窗上有14个枪眼。枪眼中心完完全全被穿透，周围被星形包围——子弹穿过玻璃，却没有爆裂玻璃。窗户上有三处半尺到一尺长宽的洞眼，应该是好多枪同时发射而造成的。我想当时谢尔本酒店里面和绿地公园内部的场景都一样的窘迫吧……

一位住在巴戈特大街的女士说，她和她的邻居一直在通宵给那些列队在大街上的士兵提供茶和面包。跟她对话的有个军官曾两三次进攻志愿军，以吸引其火力，从而估计出志愿军所在的位置以及人数等。这位军官告诉她说他认为在绿地公园里有3000名装备精良的志愿军。而他只有1000名士兵，所以他没有办法真正发起一次进攻，只能在这儿牵制着他们。

报告说，亚眠大街站已经被军队夺回，而其他站点还在志愿军手中。

而在周一12点左右，有一位英国的官员迈步进入了邮局，并要了两便士的邮票。他的举动让当时在里面的志愿军十分讶异。那位官员以为志愿军的制服是邮局的制服。志愿军把他带了进去，这位英国官员却还在试图搞清楚到底发生了什么。这邮局关押着一些士兵，据传言说，这些士兵很快就适应了这种关押状态，他们忙着削土豆准备餐点，过会儿好和志愿军一起吃。

这天早些时候，我遇到了一个疯疯癫癫的人，他满口胡言，嘴巴就像一台机关枪，或者说就像一台排字机。只要是他听到的，不管青红皂白他都相信。他听到的一切都变得像是被施了魔法，足以让他的希望——就是激烈的反英情绪——熊熊燃起。

要是有个谣言不投其所好，这个谣言立马就被他用三个他偏爱的、有利的有关胜利的故事击碎。他说，德国人已经在三处登陆了。光其中一处就有15000名士兵登陆，其他两处的士兵人数更多。整座科克城都是属于志愿军的了，换言之，也可以说科克城和平了。德国人的战舰击败了英国人，他们的各种运输工具向四面八方飞驰着。整个国家都振奋起来了！驻军以一对百，着实寡不敌众。在都柏林的那些还没被攻占的军营现在都已经被包围了，就只剩投降这一步了。

我想，这个人不仅编造出了流言，还为它插上翅膀，飞遍了都柏林。在我所听说的这些人和事中，他是唯一一个有清楚偏向的人。他从我身边走开后，我又回头看了看。我看到他又开始向另一个陌生人传播他的版本的新闻信息。而最终，他也因此被捕。我都想回去再听听他讲的是同一个故事，还是又把它阐述成了一个新故事。是的，我感兴趣的是这讲故事的艺术。

11点，雨是时候该停了，夜晚顿时变得十分美丽。风吹动着云，星星时隐时现。我们正在期待今夜的来访者，但枪炮声可能早已吓退了他们。最终只有三个真正到来了，从我的窗口可以听到来来往往交火的声响，一直飘到圣三一学院，驻守在那儿的狙击手也在激烈交战，响声再次超越从萨克维尔街飘来的交战声。交火相当激烈，甚至还时不时地听到机枪嘎嘎作响。

其中一个故事说志愿军夺取并占领了南都柏林联盟济贫院，还挖了沟槽。但他们被军方重重袭击了，虽然军方牺牲了150名士兵，但最终还是重新占领了该处。军官提出让他们投降，但志愿军却回答说他们不可能投降，最终他们都被杀死了。志愿军驻军由50人组成，而流传的故事中说，这50人都惨遭杀戮。

邮政总局

邮政总局和萨克维尔大街（现称奥康奈尔大街）

星期三

昨夜3点多才睡下，伴着持续不断的机枪、步枪的射击声入睡。

今天早上阳光明媚，街上的起义运动似乎显得更有生气了。这样的运动一般都会结束在一小群人的手中，然后百姓就会开始在各个群体中徒劳地寻求所谓的信息。如果他们所听到的流言版本和之前听到的稍有不同，就会莫名的喜悦和满足。

我听到的第一个说法是绿地公园被武装军队控制了，第二个说法是绿地公园夺回了自主权，而第三个说法是那儿根本没有被控制过。最后信息汇总，真相是公园并没有被军队士兵所制约，志愿军从那儿撤退到了一处房屋，作为控制区。实际上就在外科医学院那儿，他们透过窗户或屋顶对外扫射。一架机枪被架在屋顶上，其余的都放置在对面的谢尔本酒店、联合服务俱乐部和亚历山德拉俱乐部的房顶。由此，一场横跨公园树木的三角决斗，在这些装备好的战略位置之间展开。

透过绿地公园设置的栏杆，能看到一些步枪和子弹带散在地上，还有被遗弃的萧索战壕和狙击孔。小男孩们奔跑着去看个究竟，又在一阵枪林弹雨中狂奔而出。他们不相信那些人真会杀了他们，但最后却还是真真实实地被杀了。

死去的马匹还僵硬地躺在人行步道上，可悲。

今天上午，一艘炮舰驶入了利菲河，协助轰击了被废弃的自由厅。传言说，当时它是空的。在进军邮局和绿地公园前，康诺利和他部下早就行军很久了。同样的信息来源也涉及了关于3000志愿军的消息。据说，他们从贝尔法斯特乘坐短途火车而来，最终进驻了邮局。

这天，只有一个人走进了我这里。他说，他已经去过顶楼了，还被志愿军盯上了。由此推断，志愿军应该也控制了一些可以藏身的房子。我也去了屋顶那儿，待了半个小时也没有被盯上，只听到从萨克维尔街的方向持续传来的开火声，还时而越发激烈。

今天的《爱尔兰时报》出版了，上面刊登了一则新的军事文告，声明国内一切和平，还说萨克维尔街的一些房屋被夷为了平地。

外面栏杆上贴着一张单子，内容是关于军事法的公告。

细读报纸上的声明，上面说到国家的和平统治在于：比起真理，人民能更多地倾向于去读懂忧虑时期的状态；另一种说法是：国家是如此的和平，它却也可以用三种方式解散。有太多的平和，太多的沉默，但是要听到从都柏林之外传来的消息却要等待数时。

而此时阳光闪耀。这是愉快的一天，周围街区街道上的枪战还是一如既往的热烈。都柏林的街头却没有一个神色忧郁的行人。几乎每个人都精神抖擞，面带微笑。有一种身在国外的“民主感”，而我们的这座城市却是一位陌生人。私底下善于交际的人，在大街上也变得没有什么公共约束或者不再紧张于公共礼貌了。人们都怡然自得地和旁人交谈，男男女女，毫无拘束。

所以我们这座城市到底是支持还是反对志愿军的？或者说之前是支持的，而现在是抵抗的？现在看来（写完一两天之后），都柏林是完全反对志愿军的。但在我下笔的那一天，还无法下定论。关于这个话题，大家无比的沉默。人们见面都相谈甚欢，滔滔不绝，却绝口不提关于这个话题的个人意见或想法。他们相互交换最新的新闻或者说是传言。对于听到的这些事件时不时露出一脸惊讶的表情，表示太突然，而对于支持与否，却丝毫不表达任何观点。

有时会听到有人说“他们肯定会被击败的”。当他发表了此番预言时，旁边的人就会去猜想他是以开心还是悲伤的心态发表的。但事实上那些旁人什么都不知道，却也不会去追问他的想法。他们自己也不会进一步地去积极地举旗站队。

这是男人圈里的情况。

而女人们防线更低一些，也许她们觉得自己没那么多事要去惧怕。我所听说的大多数女人对志愿军起义的看法不仅是不喜欢，而且是非常的敌对。最明显的是那些身着靓衣的阶级人群。而那些衣衫褴褛的平民，或者说是都柏林的贫穷妇女都表示出对立情绪。或者，用类似这样的话来表示她们的看法再贴切不过：

“我希望他们全部都被杀光光。”

还有“他们就应该都被射杀掉”。

事实上，射杀一直在进行，每个角落都是。阳光照耀下，这些枪击声似乎不再那么险恶与压抑，生命在枪口下的爆裂与消逝也不再令人忧伤。

在世界大战的最后两年，我们对于死亡的看法早已发生了变化。是的，现在杀人不再是件鬼祟的事情，不再像是疾病慢慢杀死卧床病人那样的偷偷摸摸，杀人这件事就好像你和骑手一起乘风在旷野奔跑打球这件事一样的自然。一切所谓的得病发病早已不复存在。现在，得病或者死亡才被当作是健康、振奋的状态。所以，都柏林这是在嘲笑自己轰击的噪声，在这灿烂的阳光下，似乎没有一丝有关死亡的呻吟声。在这时候，夜幕降临在都柏林的家家户户间，机枪的鸣叫、步枪的轰鸣、重型机枪的低吼代替了宁静。红色炫光布满了天空。夜里的都柏林大抵是无法微笑了吧。阳光下的她是那么无条件的活泼，至少比前一夜活泼。

这一天的战斗在蒙特街大桥那儿持续着。志愿军已经夺下三间房子，并把它们和桥梁一起改成了堡垒。据报道说，这个据点的军方伤亡人数很大。传言还说志愿军持有了南都柏林联盟的控制权。

士兵们抢夺下了吉尼斯啤酒厂，而与此同时，他们的对手已经在附近夺下了另一个酒厂，枪战一直在持续中。

沿着运河的林森德这边的战斗看似轻松拿下。据说戴姆大街的好多区域都被志愿军占领了。我走到了戴姆大街，但并没有看到志愿军的人影，也没发现有任何枪击声从屋子里传出。后来，圣三一学院的顶楼（和那些窗户）完全控制住了戴姆大街区域，所以志愿军应该不会潜伏在这条街上。

不过一个很有意思的现象是，在其他时间，这条热闹的街道宽阔而冷清，只有旁边小道的街角有一小撮人在张望着什么，而后面学院绿地的格拉顿雕塑那儿却好不热闹，好像在对着圣三一学院强调着警告责备的气息。

宣言书今天宣布了，警告所有人早上5点前和下午7点后都不准出门。

不过当下还早。没有任何形式的新闻消息发出，但各种谣言却开始迅速传播，一会儿一条盖过一条，一会儿一条又否决了另一条。都柏林完全与英格兰消息隔断，与整个外界也切断了联系。或者说，都柏林与爱尔兰其他所有地方也都隔绝了联系，没有任何消息能够透露进来。我们海陆都被封锁了，但目前看来，好像这也影响不了什么。

与此同时，信仰开始滋生，大家开始认为志愿军能比想象的坚持更久。刚开始的时候，人们都以为这场暴动会在发生的第二天早上结束。但现在，暴动已经持续三天了，人们已经开始设想它会一直持续下去了。大家已经几乎开始对志愿军怀有敬佩之情了，因为大家都以为第一天或第二天他们就能被击退了，然而他们势单力薄却能坚持到当下，这种精神早已让这座城市蒙羞。

人们说："他们肯定会被击败的。"这陈述句的语气几乎就是一句疑问句，他们继续说："但他们在促成一场像样的战斗。"在爱尔兰，被打败似乎不是件要紧的事，但没有作战、不敢作战才事关重大。"他们总是出去参与战斗，即使总是失败。"的确，爱尔兰的历史就像这句话所说的一样。

从圣三一学院顶楼发出的枪击开始变得疯狂而残暴。我穿过戴姆大街走出了一段距离，走到底到了码头，伴随着这些枪击声，终于到了巴拉斯特办公处。但是超出巴拉斯特办公处再多走一步都是不可能的。因为从圣三一学院还有其他地方倒出来的铅，足够让你淹没在其无止境的烟雾中。我站在一家名叫"凯利"的渔具店对面，望过去看奥康奈尔大桥和萨克维尔大街。这个红砖店面的渔具店一半在码头上，一半在萨克维尔大街。此时正在被轰炸着。

我数了数，有6部不同的机枪正在对其疯狂扫射，还有从四面八方飞射过来的不计其数的步枪扫射在窗户上。在大约半分钟的间隔里，还有一枚重型枪械的炮弹穿过窗户，掷入屋中，弹片强烈地撞击着四周的墙壁。

轰炸持续了三个小时，建筑们被红色的烟尘云雾包围。步枪和机枪子弹嗒嗒嗒地扫射在每一个角落，与此同时，重型机枪也不放过一寸土地，子弹穿透窗户捣烂了屋里的一切。

人心在此时被吞噬，那些人就像是蹲在一座死亡火山中，无力逃脱。我对自己说："那个房子里，应该连一只苍蝇都没法活下来吧。"

没有一个窗户里有看到人影，也没有任何回击。整座房子如死亡般空寂，我想屋子里的人大概全都死了吧。

然而，突然之间，街战的场景浮现在了我的脑海中，虽然我知道房里空无一人。我对自己说："他们已经用斧头砸开墙壁，到隔壁房子里去了，正端坐着呢。或者他们早就从天窗那儿爬出去了，坐在离这儿半个街区远的屋顶上呢。"然后我又想他们应该已经掌控整条萨克维尔大街，一直到邮局了吧。后来事实证明这猜想是对的，而我清楚地知道，就在此时萨克维尔大街注定会有悲剧发生。

我又继续去观察轰炸情况，但我不再像之前那样为此感到撕裂般的痛苦了。离我这儿几码远的地方站着4个人，又有其他十余人聚集在通道里。一个神情激动的女孩儿从远一点的那群人中朝我们这儿走来，对着我们这儿喊了一通有史以来我听过最下流的话。她把他们一个个地骂过来，然后又对着他们大喊大叫又哭又闹的，带着那种只有女人才有的执拗，和无止境的生气闹别扭的功夫。

她咒骂了我们所有人；她诅咒说除了被炸牺牲的那些人，世界上所有人都要得病；她又责备那些聚集在通道里的人至少应该去大路上进军示威，至少这样能够证明他们是值得骄傲的男人，是不怕吃子弹的男人。而她自己在此时，早已经不知不觉把自己拖入了危险地带。她早已站在了子弹可及区域，却还在那儿骂骂咧咧了半个小时，说那些个男人至少得像她一样，敢在枪眼下说话。

这女孩儿很年轻——大概19岁吧——披着个常见的披肩和显示出她阶层的围裙。她有着漂亮的脸蛋，还有年轻姑娘所有的美丽温柔的苗条曲线。但她的每一句话都有着成堆的脏字。唉，不过她用的那些词汇并不等同于她的情绪，因为她并不知道如何才能字句有力而不用到低级词汇——这就是为什么无意义的谩骂整天充斥在人们的耳边。

她对着我讲了一分钟话，我看到她的眼神就像小猫一样柔软，她的语言也如同她的眼睛一样温柔。她问我要火柴点烟，但我没有火柴，我还跟她说其实我也想要点烟。几分钟后她就拿了根火柴过来给我，然后又重新开始无止境地用那些脏话去编织出成百上千的蠢话。

大概在5点的时候，对着凯利渔具店的枪击开始减弱。

在没经验的人看来，那些枪击并没有造成太大的伤害，但事后他们就会发现，虽然这些墙体看似坚固如初地站立着，屋内也没有被殃及，但事实上从屋顶到地下室，整座建筑裸露得就像一个狗窝。房子里没有了楼板，空空荡荡的；地上散落着塌下来的房顶、楼板和家具，废墟一片。屋内一切都被砸碎，粉碎成碎屑和灰尘。唯一保持原样的只有弹片袭来时整片掉下的砖块。

步枪已经开始射向街道另一侧的房子了，一家名叫“霍普金斯与霍普金斯”的珠宝商店。这些子弹射到砖块上比直接射中更来得响亮。每一发对着红砖的射击都化成了纷纷散落的红色烟尘。有三四十发子弹射向了这家珠宝店，直到一道奇怪的裂痕出现，枪击才缓了下来。

在这整个期间，都没有从志愿军那边传来任何回应。我想他们肯定是军火不足。这应该是唯一可以解释得通的理由。我对自己说，所有这一切都会在几天内结束，他们很快就会被搞定。生活又将重新开始，除去多了一些新修的坟墓，一切将如初，直到正在发生的这一切连同想象出来的部分都一起变成这个种族的历史与传统。

我跟旁边的一些人聊了会儿，发现大家一样愿意分享和交换我之前在城里其他地方听到的新闻消息。同样，当触及他们的个人看法时，他们也一样不愿透露丝毫。不过他们其中有两个人，虽然也是小心慎重地在表达自己的看法，但他们是我在这场暴动中碰到仅有会表达出对志愿军钦佩之情的人。他们没有表示站在志愿军这一边，同样也没有去反驳他们什么。他俩其中一个是劳工，另一个是一位绅士。后者的说法是：

“我是一个爱尔兰人（他指着我们身前，在窗外爆炸的炸弹），我讨厌看到这种事情发生在其他爱尔兰人身上。”

他从其他城市到都柏林来过复活节假期，却无法离开都柏林回家了。

那个劳工——大概有56岁——他很平静地谈及这场暴动。他是那种我很少接触的人，但我着实惊讶于他简单又出色的话语。他的想法太平和太镇定了。他觉得劳工在这场起义中扮演着比想象中更重要的角色。我提到说自由厅已经被炸毁了，驻军不是投降了就是被杀了。他回复我说炮舰那天早上其实已经开进了利菲河，并把自由厅炸得粉碎了。不过，他又补充说里面并没有人。所有劳工志愿军早已经跟随康诺利进军邮局了。

他说劳工志愿军团可能有1000号人左右，至少有800人吧。他又说劳工志愿军——或者按他们自称的叫市民军——一般都很注意不会透露人员数目的。

他们一直宣称他们拥有大约250人，也从没在任何时候列队行军超过这个数目。

在工作的那些人，他继续说道，每次都是不同的人在游行。警方也知道这情况，但他们觉得市民军有着世界上最弱的势力。

但事实上，这些人并不是被弃者——你不是，他说道，就算一个康诺利倒下来了，这股力量中的劳工们也会按照训练好的秩序，按规矩轮流着站出来。他们表示反对警察，因为两年前的罢工行动中警察对他们施以野蛮暴行，但也因此他们暗下决心，再也不会如此毫无规章秩序地出现在公众视野了。

是的，这位同志相信市民军的每一位成员都和他们的领导者齐首并进，参与了示威行军。

“我知道这些同志，”他说道，“不会畏惧任何事，而且，”他又接着说道，“他们现在就在邮局。”

“他们有什么机会？”

“无任何机会，”他回答道，“他们从没说过他们有什么机会，他们也没想过他们会有什么机会。”

“你觉得他们能够坚持多长时间？”

他对着已经被重型机枪轰炸过的房子，点头示意了一下，说：“那会很快将他们这样连根铲除的。”

“我要回家了，”他紧接着说道，“他们会去想我是死是活的。”他沿着那条弥漫着悲伤气氛的大街慢慢地走远了。稍过了会儿，我也走了回去。

星期四

流言蜚语再次传播开来。一会儿说这个地方已经沦陷了，一会儿又说没有。这片土地早已沦陷却又并未沦陷。就那么一个阵地，一会儿说被军队占领，一会儿又说被志愿起义者占领，或者说根本没有受到攻击。但可以确定的是，战斗还在继续。芒特大街上，步枪扫射声连续不断，奔驰来往的救护车未曾间断。有人说桥上在激战，又说当下还是志愿军占优势。

十一点半，有重型枪炮的射击声从萨克维尔街方向传出。我爬上屋顶待了会儿，在这个高度，这些声音都听得清清楚楚。整个城市的中轴线上枪声持续不断：从绿地公园到圣三一学院，还有从萨克维尔大街那儿传来的。报道中提到的各种武器的种类很容易就能区分出来：有步枪、机枪，也有重型大炮。但同时也有另一种声音，一种我无法具名的声音，那是某种东西迸发出来的声音，压过了所有其他声音，短而厉声的叫喊，或者更确切地说是像一个巨大的瓶塞跳起弹出般的简短声响。

我见到了D.H.。他对志愿军能够显示出如此有力的组织能力表示惊讶。我们相互交换了所知道的传言版本，发现我们的信息大方向几乎是相同的。希伊·斯凯芬顿已经被杀害了。他在一所房子里被抓捕，房子里发现了武器，而他也立即被枪决了。

我希望这是另一个版本的传言，从我对他的了解来看，他不是跟志愿军站在一边的，他应该是反对志愿军所拥护的强制手段的。但是关于他死亡的故事又是如此的持久不衰，使得人们倾向于去相信它。

他是我见过的或者听说过的最勇敢率真的人。这10年来，爱尔兰所经历的每一次磨难他都参与其中，而他也一直站在慷慨宽宏的这一边，所以也同时是在寡众薄弱的一边。有太多事情可以博得他的同情心，而他的同情心从来不在家闲着。有很多好心人会“同情”这样那样的遭遇，但除了情绪上的“同情”之外，就再也没有任何其他的表示了。但如果是他，就会立刻冲到大街上。一块大石头、人行道上的高台、雕塑的底基，任何地方都可以变成他的讲台，在任何压迫和灾难面前他都一样，只说他自己想说的。

在都柏林，各种阶层、各种教派的人都可以炫耀说他们踢过希伊·斯凯芬顿，或者拿手杖、雨伞打过他的头，或者往他脸上揍过拳头，又或者在他跌倒时狠命在他身上践踏过。这些并不夸张，都是在他身上实实在在发生过的事。他确实对任何人都没有恶意，而是以孩子般的同情心和纯真率直去接受了那些拳头、侮辱和嘲笑。他是一个装成大人的孩子，这面具却无法卸下。他的语言、他的钢笔和他的身体，他所有的一切都为了迷路的、受压迫的人们时刻准备着。可是他却被枪决了。其他那些被击毙的人，在他们面对枪口时，尽管残酷、压抑，但他们知道他们面对的是正义，他们一直想要挑战的就在他们面前。而希伊·斯凯芬顿没有这样的想法去抚慰他心中的愤怒或是饶恕。他是一个被迫反抗到最后一口气的和平主义者，而从他的结局看来，他却像是个凶手。我确信，他最后的伟大牺牲狠狠地抨击了压迫势力，他是为了这个世界的真实而牺牲的。他的牺牲带走了一个勇敢的男人和他那纯净的灵魂。

当天稍晚些时候，我在街上见到了希伊·斯凯芬顿的夫人。她向我证实了她丈夫昨天被捕的传闻，但那之后她就没收到消息了。所以到目前为止，据我所知她丈夫犯过的唯一的罪就是他组织了一个市民集会，来招募特种警察以阻止抢掠活动。

这无数传言中，有一个口口相传的传言像是千真万确一样：马克维其夫人在乔治大街被抓捕，并被带去了都柏林城堡里。当下还传说罗杰·凯斯门特先生在海上被抓获，并已在伦敦塔被枪杀。传言还说好些起义军的领袖都已经牺牲了。这些传言偷偷地从一张嘴巴传到另一张嘴巴，传着传着就变成了千真万确的事实，并持续不断地被传播着。而真正的事实却只能像真正的传言一样鬼鬼祟祟的，半个字都没人信。

这是个平静而美丽的夜晚，却也是那些逝去的人过得最阴暗、最可悲的一夜。火炮声、步枪声、机枪声和手榴弹的声音，须臾未止。

从窗口望去，我看见一颗红色的信号弹攀上天空，它偷走了天空本该有的色彩，把天空染成了刺目的颜色，烟雾从地面升到了云中，我看到巨大的红色火团飙升到了高空。而那宁静的夜空下，枪械的操作声还在持续不断，但枪本身，却是沉默的。

在死亡般的沉寂中，这场暴动还在持续进行着，抗争不断。有谁会想这些抗争中的人们有何感受，这些大多数年轻又不习惯于暴力的抗争者们，默默地在向包围他们的闪耀火光和隆隆爆炸申诉着。

星期五

这个早晨，没有报纸，没有面包，没有牛奶，更没有任何消息。阳光灿烂，大街上生机勃勃，却带着一丝小心翼翼的气息。所有人不分阶级，相互交谈，但没有人真正了解对方的想法。

仍有少数人面带笑容。估计他们昨晚一直听着枪声，今早重绽笑颜，皆因黑暗已成为过去，阳光重新洒满整座城市，他们重新拥有了伸展身体的空间，无须再压低声音，窃窃私语。枪声不再像昨晚那般猛烈。阳光驱走了所有人的孤独。

男人们笑容满面，女人们放声大笑，她们的笑声并不会惹人不快，因为女人们的所为皆有理。当危险迫近时，她们会放声大叫，然而当危险转移到他人身上时，她们会放声大笑，一切都在情理之中。

有谣言称，今天早上萨克维尔大街遭受炮火袭击，被夷为平地。到处都成了废墟，而且听说事态并无改善，反而越来越糟糕。志愿军从各个大本营突围，用壕沟做掩护，每一处壕沟都配备了7挺机枪。当房子失守时，他们冲出去占领其他的房子，按照这一战略，似乎没有理由相信起义竟然会告一段落。大街上挤满了穿着便服的志愿军，他们口袋里揣着左轮手枪。大街上也挤满了同样穿着便服的士兵，他们口袋里也揣着左轮手枪。人们越不想谈及的问题，就越少人愿意回答。

我的态度当然是反对志愿军，但能如此说出来的人少之又少。我凝视着态度暧昧的民众，他们是那么的笑容可掬、彬彬有礼、乐于交谈。出于好奇，我试图从他们的眼神、行为举止甚至衣服的剪裁去读懂他们的想法。

我感觉很多人并不在乎半便士赝币的下落，其他人不再是有思想的生物，纯粹是记录时代大事件的机器。

他们对起义的到来束手无策。事情来得太突然，以至于他们无法确定立场，分离的伤痛仍旧太深刻、太完整，倘若这是一场赛马或斗狗，他们必将押注。

每天晚上都有英国军队登陆，仅在都柏林一处便有超过60000名士兵，他们均配备了军事艺术所打造的攻击型武器。

士兵们严密防守梅瑞恩广场 。每20步的距离便设有士兵守在道路两旁，他们频繁地朝广场附近的屋顶进行扫射。据说志愿军占领了从蒙特街桥到广场的屋顶，在城里广泛采取类似的防御方式。

他们全面地标记了迄今为止占领的街道上所有的屋顶，借助这些屋顶，他们动作灵活、诡诈，来去自如，让士兵们防不胜防，处于险境。

然而，尽管如此，志愿军们也只能短暂依靠屋顶。由于屋顶上没有交通工具，他们很快就会弹尽粮绝。起义开始走向终点，尽管占领屋顶在他们的计划之中，但恰恰是这一战略导致了他们的失败。

从屋顶传来机枪的声音。望向萨克维尔大街，一眼便可看到高耸在建筑群中细长的纳尔逊柱浓烟弥漫。另外一座高耸的建筑是D.B.C咖啡馆。这座中式宝塔曾是显眼的地标，时至今日我却无法寻到它的踪影。我知道它不复存在，即使萨克维尔街没有被全部炸毁，但正如谣言所说，这家伟大的咖啡馆的屋顶亦难逃厄运，或许早已被完全烧毁。

我在砾石小径上发现了一些烧焦的过干纸。这些碎纸片一定能随风飞得又高又远，从萨克维尔大街和梅瑞恩广场间所有的屋顶上飘过。

11点时仍有持续的火并，狙击手从蒙特街方向开枪，城市的每个角落都能听到类似的声响。

据说坎登街狙击枪声频繁，人员伤亡惨重。有人曾目睹士兵们在一座房子里抓获了两名志愿兵。他们被要求跪在路中间，在被捕后不久就被枪毙。与此同时，行刑队的几名士兵也被击毙。

当中一名士官的脑浆洒向路边。一个年轻的女孩冲向路边，捡起他的帽子，擦拭地上喷洒的脑浆。她用一些稻草盖住这具可怜的尸体，诚心地将帽子送到最近的医院，让那些脑浆能与它们的主人合葬。

尽管她的后续故事不那么阴暗，但一样感动了叙述者。

“在坎登街，”她说道，“猫狗无一生还。它们僵硬地躺在路上或屋顶上。许多妇女对这场战争感到难过，”她说道，“她们对那些被当面杀死的宠物感到伤心。”

城市的每个角落都在闹饥荒。一个女孩告诉我，他们一家和一起避难的另一家人已经三天没有进食了。今天，她的父亲好不容易在某处找到两片面包，将其带回家。

女孩说道：“当我父亲带着面包进屋时，我们14个人都朝他飞奔过去，面包瞬间就所剩无几，可让我们羞愧的是，我们依然像父亲回来前般饥肠辘辘。可怜的父亲啊，”她说，“自己一口都没有吃。”她认为，穷苦人民是反对志愿军的。

志愿军还占领了雅各布饼干加工厂。谣传一位神父前去劝降，可他们回答说，宁死不降。他们请求神父赦免他们的罪过，据说神父拒绝了——但这（故事的后半部分）并不可信。这间加工厂邻近阿德莱德医院，这一地理位置可能延误或妨碍针对工厂的军事活动。

在梅瑞恩广场附近，步枪群射的声响不断，时不时还能听到持久的机枪交火声音。

夜晚，四面八方仍旧是不间断的射击，两军在萨克维尔大街交战，亮起一道道刺眼的红光。

这些夜晚我都难以入睡，坐立不安，一旦坐下，立马就站起来，荒谬地以为船只从窗边进军到墙边，循环往复。我一生中从未有如此犯困的时候，但我不认为自己很幸福。没有任何一个都柏林人感到兴奋，却怀着紧张和期待，这比任何一种兴奋都更可气。这主要是因为消息的不畅通。我们不知道发生了什么，正在发生什么，或者即将发生什么，回归到原始社会的状态让我们困扰不安（因为原始社会主要是信息传播不畅通）。

每晚我们临睡前的话题都是：“明天一切是否都将结束？”这个问题伴随着我们度过整个夜晚。

星期六

今天早晨同样没有面包，没有牛奶，没有猪肉，没有报纸，但阳光却依旧灿烂。初春的天气竟然如此美好，让人诧异。

谣言四起，有些人说邮政局已经被占领，有些人则说没有。军队控制了通往梅林广场的街道，他们并不允许我前往自己的办公室。当我到达那里时，一辆汽车因未停下接受诘问，而遭到了军队的射击。旁观者称这是贺拉斯·普伦基特爵士的车，其本人已被射杀。后来我们才发现贺拉斯爵士并未被杀害，真相是他的侄子驾驶这辆车经过时，遭到了猛烈的枪击。

这个时候，坊间一直流传着凡尔登沦陷的谣言。后来这一谣言和关于卡特·索得救的谣言都被否认了。据说他在这里待了三天，倾尽所有钱财，希望从克莱尔郡回到家乡。听说希伊·斯凯芬顿的房子遭到突袭，从屋子里抬出两具尸体，索女士感到相当难过。我不清楚她的政治倾向，但我认为她的举动可以用“仁慈”来概括。她拥有金子般的心灵和雄狮般的勇气。后来我遇到了特派员贝利先生，他说志愿军委托其前来商讨投降条款。希望他所言属实，愿上帝怜悯可怜的世人。没有人相信慈悲的存在，人们在大街上被随意射杀，或者被押往最近的营房枪毙。人们渐渐相信，起义结束后，牵扯其中一方的任何一个人都将难逃一死。

那就是将会发生的情况。但这些天，死亡的想法不再萦绕在我的脑海里，如果欧洲战争持续得更加长久，死亡的恐惧将彻底从人类身边逃离，正如历史上发生的情况一样。当那庞大的威慑消失时，我们的统治者将茫然若失，不知如何处理那些罢工者和不满的民众。或许他们将不得不重新使用封存已久的酷刑。

大街上的人们有说有笑。事实上，空气中弥漫着愉悦和阳光。每一分钟都有民众遭到射杀、刺杀，炸得粉身碎骨或烧成灰烬，可却无人在意。这些悲剧持续上演，可却不再重要。

我在绿地公园碰到一个人，他在信封背面制订计划。问题在于，根据计划，审讯者要从他所在的河对岸的那条街出发，走完这一小时路程的四分之一，就必须得开始长达二十多公里的征途。另外一个年轻的男孩儿抱着一个大火腿，站得离他很近。他姐姐住在附近的一间屋子。三天了，他一直试图将火腿送到他姐姐手中，均未成功。他本来已经放弃希望了，后来灵机一动，他可以自己吃了这火腿，那就没问题了。

双方交火持续了一整天，但是在一些地方，火力不会相当猛烈。时不时伴有机关枪的响声，却丝毫未闻重型军火的声响。

谣传邮局被占领了，志愿军遍布在屋顶的每个角落。又有谣言说，双方正在商讨投降条款，萨克维尔大街已经被夷为平地。

夜晚七点半时，整座城市基本上恢复了平静。间隔许久才能听到步枪射击的声音。

当晚我比以往更早上床睡觉。半夜两点，透过房间的窗户仍可看见萨克维尔大街闪着红色火光。清晨的到来将向世人宣告起义是否结束，但现在仍未是时候。我居住的那条街和周边仍时有枪声，有时步枪的猛烈射击会演变成有规律的扫射。

星期日

起义仍未平息。

火并仍在继续，但少了机关枪、大炮和迫击炮的声音。

从我家厨房的窗户可以看见远处飘扬的共和国国旗。这面旗帜飘过雅各布饼干加工厂。只要看见旗子降下来，我便可知起义结束。

我出去时，街上人烟稀少。我碰见了D.H.，一起穿过了绿地。共和国的国旗依旧飘扬在外科医生学院。我们试图前往葛拉芙顿大街（那里破碎的窗户和两个裂开的口子都昭示了抢劫者的到访），但顺着这条街继续往下走时，全副武装的哨兵就挥手示意，让我们往回走。于是我们绕道欢乐剧场，进入美世大街，在那里成群的穷人排队等待当地面包店开门。我们进入乔治大街，打算走达姆大街，这样才能离萨克维尔大街更近，看看关于摧毁的谣言是否正确，但我们又被军方制止了，不得不往回走。

我们并没有从交谈中得到任何消息，甚至连谣言都没有。

这是我第一次踏足房门几步之外的地方，我的邻居似乎比其他地方的居民更擅长制造谣言，想象力更丰富。我们一回到家就得到消息，据说已抓获了两名志愿军首领。他们分别是皮尔斯和康纳利。根据消息，后者大腿骨折，在卡索医院接受治疗。皮尔斯与200名追随者在邮局发起突击时英勇就义。他们在准备撤离时遭到了机枪扫射，无一生还。后经证实，牺牲的是欧·拉伊利而非皮尔斯，之后皮尔斯的死并没有那么轰轰烈烈。

看过英国报纸的人都说，库特向土耳其投降了，但凡尔登并未落入德国人的手中。谣言四起，两国爆发了一场激烈的海战，德国军舰全部被毁，而英格兰仅损失了18艘战船。据说，在被捕的志愿军中，相当一部分为德国人，但没有人相信这一说法。这一谣言不可避免地带来另外一种说法，传闻100艘德国潜艇沉入了斯蒂芬公园的池底。

两点半时我见到了特派员贝利先生，他告诉我一切都结束了，埋伏在城市各个角落的志愿军都打算投降。一辆载着两位军事长官和两名志愿军领袖的汽车驶入外科学院，获允入内。经过短暂的停顿，马克季伟奇夫人走在100名士兵前头，步出学院，他们已经缴械；另一辆载着志愿军领袖的汽车驶进其他军事据点，预计傍晚时分完成投降。

我准备回家时，在路上碰到了几天前见面的熟人。他编造了很多谣言，好比蜘蛛织网。在这种情况下，他仍然侃侃而谈，我好奇地听他讲述英格兰在前线战败的故事。他宣称，英格兰入侵了6个不同的营房，但其舰队已完全被毁，德国大军则登陆了爱尔兰西海岸。他在大脑中凭空捏造这些谣言，然后不断地大声向自己重复这些谣言，慢慢地催眠自己。这一切均来源于消息灵通的陌生人，他们对谣言深信不疑，并对见到的每一个人散播谣言。还有其他谣言，如西班牙向我们宣战，智利海军全速前进前来营救我们。他可以派法国军队飞往西边去取一枚别针，罔顾眼前的战事。我觉得，这个异类是整座城市真正快乐的人。

现在是三点半了，从我的窗户可以看到共和国的国旗在雅各布工厂上空飘扬。虽偶尔听到枪声，但总体来说城市还是挺平静的。4点45分时，重型机枪轰隆作响。10分钟后重型机关枪扫射，伴有步枪射击的声音。再过了10分钟后，雅各布工厂上空的旗帜降下来了。

后半夜，尤其是在我居住的那条街，狙击和军事交锋持续不断。

一些私人住宅遭到了抢劫。普伦基特伯爵的府邸被在此盘踞已久的军官洗劫一空。宣战后，我仅用两分钟快速地路过家门，被子弹驱赶到菲茨威廉广场。子弹在我周边的街道上嗡嗡作响，那种在耳边呼啸而过的声音相当奇怪。那种声音有点类似快速电锯发出的声音，相当迅速且尖锐。

毫无疑问，狙击手在我对面屋的房顶上，却并不是在屋顶上入睡。这些孤立的群体或许难以得知他们同伴投降的消息，但通过其他街区火力的减少，他们大概能推测出起义已经失败。

早晨，我从窗户看到4名警察在街道上巡逻。他们是这一星期以来我见到的第一批人。因为爱尔兰民众拥有正当理由去害怕军队，但他们并不像惧怕警察般害怕军队，很快军事故事将终结，开启警察故事，重启政治故事，但之后的几个星期将撒下比以往更多的怨恨种子，那些种子将重新生根发芽。

the Four Courts and the General Post Office (G…

The Irish Volunteers joined the Rising against the wish…

Members of the Irish Citizen Army on parade outside Liberty Hall in Dublin

Many of the important members of the Military Coun…
General Post Office (GPO) in O'Connell Street, Dub…
Pádraig Pearse read out the famous **Proclamation of**…
Many Dubliners had little or no interest in what he w…

爱尔兰市民军在都柏林自由厅外列队

POBLACHT NA H EIREANN.

THE PROVISIONAL GOVERNMENT

OF THE

IRISH REPUBLIC

TO THE PEOPLE OF IRELAND.

IRISHMEN AND IRISHWOMEN: In the name of God and of the dead generations from which she receives her old tradition of nationhood, Ireland, through us, summons her children to her flag and strikes for her freedom.

Having organised and trained her manhood through her secret revolutionary organisation, the Irish Republican Brotherhood, and through her open military organisations, the Irish Volunteers and the Irish Citizen Army, having patiently perfected her discipline, having resolutely waited for the right moment to reveal itself, she now seizes that moment, and, supported by her exiled children in America and by gallant allies in Europe, but relying in the first on her own strength, she strikes in full confidence of victory.

We declare the right of the people of Ireland to the ownership of Ireland, and to the unfettered control of Irish destinies, to be sovereign and indefeasible. The long usurpation of that right by a foreign people and government has not extinguished the right, nor can it ever be extinguished except by the destruction of the Irish people. In every generation the Irish people have asserted their right to national freedom and sovereignty: six times during the past three hundred years they have asserted it in arms. Standing on that fundamental right and again asserting it in arms in the face of the world, we hereby proclaim the Irish Republic as a Sovereign Independent State, and we pledge our lives and the lives of our comrades-in-arms to the cause of its freedom, of its welfare, and of its exaltation among the nations.

The Irish Republic is entitled to, and hereby claims, the allegiance of every Irishman and Irishwoman. The Republic guarantees religious and civil liberty, equal rights and equal opportunities to all its citizens, and declares its resolve to pursue the happiness and prosperity of the whole nation and of all its parts, cherishing all the children of the nation equally, and oblivious of the differences carefully fostered by an alien government, which have divided a minority from the majority in the past.

Until our arms have brought the opportune moment for the establishment of a permanent National Government, representative of the whole people of Ireland and elected by the suffrages of all her men and women, the Provisional Government, hereby constituted, will administer the civil and military affairs of the Republic in trust for the people.

We place the cause of the Irish Republic under the protection of the Most High God, Whose blessing we invoke upon our arms, and we pray that no one who serves that cause will dishonour it by cowardice, inhumanity, or rapine. In this supreme hour the Irish nation must, by its valour and discipline and by the readiness of its children to sacrifice themselves for the common good, prove itself worthy of the august destiny to which it is called.

Signed on Behalf of the Provisional Government,

THOMAS J. CLARKE.

SEAN Mac DIARMADA. THOMAS MacDONAGH.

P. H. PEARSE. EAMONN CEANNT.

JAMES CONNOLLY. JOSEPH PLUNKETT.

复活节宣言。由帕特里克·皮尔斯在1916年复活节起义中在都柏林邮政总局外宣读

起义结束

起义结束了。不过，起义的结果、经过以及原因值得我们探讨。

第一个问题很简单。我们城市最美好的地方已被炸得支离破碎，化为灰烬。我们当中在外服役的士兵称，这个地区的废墟比他们在伊普尔[※1]甚至是在法国或佛兰德斯[※2]看

※1 伊普尔(Ypres)：比利时西弗兰德市的一座城市。第一次世界大战期间，协约国军队同德军于1914年、1915年和1917年在比利时西部伊普尔地区进行过三次战役。

※2 佛兰德斯（Flanders）：中世纪西欧的一个国家，今为欧洲西北部的一个地区，在北海沿岸，包括法国西北部部分地区、现比利时的东佛兰德省、西佛兰德省以及荷兰的西南部部分地区。第一次世界大战期间，德军与协约国军队于1914年和1918年在比、法边境佛兰德地区进行过两次战役。

到的更为完整。许多男人、女人、孩子、志愿者和平民都惨遭杀害，和军事设备一同转移的55000人均被杀害。这些人员和物资的转移让整个英国陷入混乱。这就是发生过的一切。

针对起义经过的探究将耗时多年。我们只知道，我们的城市爆发了一场自发战争。整整一个星期我们生活在枪林弹雨中，战争来得让人措手不及，又以迅雷不及掩耳之势结束。除了死者和囚徒，知道这场战争的人都希望在这座城市度过余生（写作期间，一知情人士被枪决）。

起义的原因则涉及更加确切的情况:由于爱尔兰党的领导人在英国议会中并没有代表民意，酿成此次祸乱。在英格兰和德意志宣战之日，他上台就职，领导着拥有长达8世纪历史传统的爱尔兰，如今却将它抛诸脑后。他承诺爱尔兰将采取一套特殊的行动方案，可他无权许下这一承诺，更无法保证承诺的兑现。其所在党的摇摆不定，以及自身的情绪化出卖了他自己、我们和整个英格兰。他宣誓忠于爱尔兰，仿佛爱尔兰是他的囊中之物，他有权为她代言。即使在新纪元，爱尔兰亦从未背叛英格兰，因为她从未效忠于英格兰。不仅每一位在世的英国人，甚至世界各国的人们都熟知她那坚定不移的国家信念。

那就是他想要被取悦的方式吗？他本可以代表爱尔兰，简单地声明爱尔兰的忠诚、仁慈和中立（假如他懂得使用那些夸张的词汇），如此一来，他将得到欢呼声，在数月的时间内便可争取地方自治的权利，以回报爱尔兰战士们的付出。他将得到英格兰以和平方式送达的政治意见。然而，唉，这些细节都因他的情绪化而被隐藏得无影无踪。对于一个认为他不是在与爱尔兰或英格兰对话的人而言，这些细节都轻若鸿毛，但对于这片千疮百孔的土地而言，他如此深刻地保证国家的忠诚，绝不会让哪怕是一片纸屑遮住了她的容颜。

一个谎言被揭穿后，便不再是光芒四射、安详的女神所熟悉或者期许的——那是一种病，一种道德梅毒，将无休止地蹂躏寄生的肉体，直至它被净化。雷德蒙德先生※1说了这个谎话，他对英格兰负责，皆因这场暴乱让她内

※1 约翰·雷德蒙德（John Redmond），爱尔兰议会党领袖。他通过议会民主政治赢得了初步的在联合王国之内的爱尔兰自治，并由1914年第三部地方自治法保障。

疚不已；他对爱尔兰负责，皆因我们不得不忍受那断壁残垣。没有他的谎言，起义将无由而起；没有他的谎言，在此刻以及过去的一年里，“爱尔兰问题”将画上句点。在相当长一段时间内，爱尔兰必定会对那可恶的罪行感到惭愧，在这个节骨眼上，她不会受到约翰·雷德蒙德的折磨。

他是我们最近一次起义的导火索——世界很大，大得难以立契转让，我们应该称其为吵闹，或者暴乱，或者争吵，这样才能厘清事实的方方面面，但两国问题的根本不在于爱尔兰。

这是英格兰的问题，虽然近年来两国努力寻求更大的共识（这一过程被炮火打断），但英格兰应该承认对爱尔兰的所作所为，并尽力补偿。这一情况基本上可以用一个短语概括。我们只是个小国，而你是个大国，却让我们吃败仗。我们是个贫困的国家，而你是世界上最富有的国家，却不断地掠夺我们。这就是历史的真相，无论国家或政治是否对立，你都没有给予爱尔兰任何理由去爱护你，更不应强求她虚伪、愚蠢的爱戴。

你认为我们的民众冥顽不灵——这是个谎言。我们的历史记忆相当深刻，在两国长期痛苦的关系中，你从未给予我们宽容，因此不值得我们爱戴和忠诚。我们是一个优良的民族，我们是世界上仅剩的基督民族，没有任何一个国家能像我们这般，对迫害者表现出如此的宽容。没有任何一个国家能像我们这般原谅敌人，你一直虐待我们，而我们备受痛苦的一代又一代人民却一而再再而三地原谅你。那些对我们不利的贸易商和政客们，实际上也是你的敌人，但你却一直在包庇袒护他们。最后他们对你造成了最大的伤害，我们早已做好了防护措施，而你却不知所措。那些“反对独立者”为了金钱利益，在适当的时机出卖国家。

同时，不要总是迫切地将你的礼物用枪炮赠送给我们。这一举动太频繁，已让我们生厌。如今你面临着前所未有的机遇，修复两国的关系。在爱尔兰这片土地上，没有一个人因为这场战争对你心生怨恨，这得益于你派遣的士兵们可敬的行为举止。如果你愿意，爱尔兰与你将永远和平，但你必须得立马抓紧她的手，因为数月之后她将不再对你伸出友谊之手。古老、糟糕的关系将持续下去，怨恨不断滋生和增长，将有另一段记忆被封存在爱尔兰容量庞大的大脑中，并始终记忆犹新。

志愿军

在起义中表现出来的组织能力值得一提，但事实上并非那么出色。除了起义的勇气以外，起义的实质和独特性还取决于它的简易性，“出色”一词不适合这种情况。

起义初期，志愿军们的用兵之道仅保留了“战略”的基本框架。他们占领了中心和战略区域，并部署驻防，可无奈阵地最后均被攻陷。由于堡垒要塞没有多余出口，他们选择天窗和屋顶，从而方便出入和突袭。屋顶为他们提供了足够的掩护和极大的机动性，这也是志愿军最大的优势，仅凭这一点，起义才得以撑过第一天。

这是他们完整的作战计划，毫无疑问他们认真研究了都柏林的屋顶，以及屋顶间最完备的互通方式。除此之外，我觉得他们没有其他值得赞扬的地方了。但这只是计划的雏形，除非他们完全疯了，不然肯定还有后续的安排，要不是英格兰舰队的阻拦，计划本可成真。

毋庸置疑，他们期待整个国家都加入起义中，理应清楚成员的数量，以及进行持久抵抗的概率。“抵抗”是起义的一个关键词，抗战计划必定确立结束日期。那一天，肯定发生了别的事情让他们得以放下心头大石。

除了德国军队登陆爱尔兰或英格兰以外，没发生什么特别的事情。我认为，那些被登陆的区域并不重要，但有人猜测他们期待并安排这样一次登陆，尽管现今并没有任何证据证明这一点。

这个逻辑相当简单和有理，或许无须更进一步地抽丝剥茧，人们即能接受。然而进一步的抽丝剥茧还是必需的，因为爱尔兰的逻辑和善辩通常都颠倒黑白。或许除了装备和军火供给以外，德国压根就没有参与到起义中，而我更认同这一看法。志愿军知道他们无法给英格兰一个大大的下马威，他们唯一的目的就是在爱尔兰引起骚动，将爱尔兰问题上升为国际问题，让整个欧洲议会和全世界在讨论欧洲战争和平条款时，认真聆听爱尔兰的诉求。

我认为这是起义背后的形而上学。他们很可能希望得到德国的援助，哪怕是几千名士兵，从而延长起义的时间，但我不认为他们期待或者真心欢迎德国军队的到来。

在此次起义中，有两个特点在爱尔兰起义史上是独一无二的。第一个特点就是没有出现告密者，带头人中没有出现告密者。起义爆发前两天，我的确在街边听到人们讨论起义即将到来。他们补充说道，他们当时并不相信这个消息，对此不以为然。一位传教士对我说了相同的话，或许早已谣言四起，每个人包括政府当局都将此次起义看作一个笑话。

起义的另一个独特性在于，这是一场无声的抵抗。整座城市充斥着枪声，志愿军和现役军人互相射击，在悄声细语中死去，或许可以说，双方都害怕德国军队会听到战争的声音，从而利用此次起义渔翁得利。

起义还有第三个理由，与外来因素毫无关联。据说，都柏林民众认为政府打算突袭志愿军，夺取他们的武器。

人们至今仍记得奥尔德曼·凯利向都柏林当局传达的文件，那份文件谣传是国家指令，要求军队和警察突袭志愿军，缴获军械，并且抓捕首领。志愿军曾扬言绝不会让军队得逞。政府列出一张囊括所有被突袭地点的名单，名单发布的当天晚上，便在爱尔兰引起轰动。新闻界显然是依照指令，拒绝刊登这份名单。然而志愿军和大部分民众都相信名单的真实性，起义很有可能是为了先发制人，让政府的计划泡汤。

起义还有另外一种可靠的解释。我认为这是最真实的解释。

英格兰是海上霸王，从战争开始前的一个星期到今天，她一直都是这些领地毫无争议的最高统治者，因此所有关于德国入侵、德国军队在爱尔兰登陆的论调都毫无意义。在这场战争中，除非德国军队能同时解决海上运输的难题，否则没有任何国家的军队能够登陆英格兰或者爱尔兰。这一难题终有一天会得以解决，因为所有问题都能被解决，但在这场战争中却尚未得以解决。志愿军的首领既不是天才也不是蠢材，对于他们和德国而言，向德国寻求军事援助都是困难重重。起义是因为他们走投无路，正如胆小鬼被赶入最近的营房，被整个爱尔兰嘲笑为懦夫和自大狂。

有趣的是，起义前夕，麦克尼尔教授辞去了志愿军的首领工作。街头巷尾热议的变节故事并不可靠，因为像他这类型的人不是叛徒，这个说法若没有进一步的评论或公告，很可能不被众人理会。从起义爆发前的会议到麦克尼尔教授辞职期间所发生的一切，都留给民众极大的想象空间。

这是我对发生的一切的看法或者猜想。由于不同领袖人物认为政府策划了一场敌对运动，带给他们一段极其黑暗的时期，所以他们才召开此次会议。比勒尔先生和马修·内森爵士都不希望在战争期间，爱尔兰内部发生冲突，这一点不容置疑。这样一场冲突可能会伴随着各种政治影响，尽管政府信奉自由主义，但爱尔兰强大的军事和政治党派则推崇解除武装、惩罚志愿军，尤其是要严惩志愿军。我认为，倒不如说我猜想，麦克尼尔教授与比勒尔先生和马修·内森爵士的立场相近，并肯定政府不会采取任何针对志愿军的行动，只要志愿军不采取武装手段，当局就不应干涉。我认为，麦克尼尔教授给出并接受了所有必需的保证，当他在会议上通告所发生的一切，发现他们并不坚定地认为信仰与他们同在时，黯然辞去职位，卑微地希望此举能让成员们改变愚蠢的目的，或者至少让大部分追随者退出起义行列，从而减少枉死的人数。

在反对起义方面，他并非孤军奋战。雷希利和其他战友因与他同一战线而出名，当决定起义时，雷希利和他的成员一起游行示威，倘若不是一个勇敢的绅士，绝不会这样做。

当发生的故事被官方记录成文时（可能已有书面记载），我认为这将带领我们找寻事实真相，德国的阴谋和金钱对这场起义的贡献少之又少，微不足道。

...ing arms at Howth in 1914

Note written by Eoin

involved Eoin MacNeill. Upon discovering that the le

eill immediately placed a notice in the *Sunday Indepen*

ng' of the Irish Volunteers which had been arranged f

Sunday Independent

23rd April 1916

MacNeill cancels all manoeuvres by the Irish Volunteers.

e Military Council had organised a Rising behind l

nt the Irish Volunteers to be involved in any way.

ary Council now had a serious shortage of soldiers

nt blows, the Military Council decided to go ahea

was little chance of military success, but they hope

ers to follow their example and successfully end B

爱尔兰小学教材中摘录的关于1916年4月23日的报道

ed Dublin Castle, Boland's Mills, ... Factory,
GPO).
the wishes and orders of Eoin MacNeill.

The GPO after shelling by British forces

Council of the IRB were stationed in the
, Dublin.
on of the Irish Republic on the steps of the GPO.

被英军炮轰后的邮政总局

部分领军人物

这场起义重复历史的步伐，最终以血战结束。这说法听起来有些夸张，但这场起义绝非一碗豌豆汤或药草茶就能轻松解决。战争持续期间，对抗相当坚决，我认为这是爱尔兰举事者们最可贵的地方。

这个国家是局外人，因为约有30000名爱尔兰士兵正与英格兰对抗，而非反对她。仅仅都柏林一处，基本上所有贫苦家庭的父亲、兄弟或者儿子，都奋战在反抗英格兰的前线。整座城市揭竿而起，与志愿军们浴血奋战，没有任何军队能够击溃他们。这也许是一个大胆的陈诉，因为重型机枪就能摧毁他们。但无论从哪个方面而言，爱尔兰民众认为这场起义带给他们无以言表的悲伤和哀痛，但这绝不是一场卑鄙和胆怯的战争。

如果我们的同胞在英格兰军队服役中被无辜杀害，我们没有理由置身事外，更无法信服。但如果我们的同胞在与英格兰军队对抗中被杀害，而且他们的兄弟恰巧在那支英格兰军队中服役，这就引出了问题的纠结之处，但我们别无他法。一切既已发生，我们只能努力抹平战争带来的伤痛。

人们常说，时势造英雄。也就是说，天降大任之时，当众人都退避三舍时，必定有勇士挺身而出。但扛起重担的并不都是伟人和优秀之士，并非所有凡夫俗子都只想着羊排和美女，王侯将相宁有种乎。我无意将起义中的相关人物理想化。几年后，他们的国家将一如既往地对他们做出公平的论断。

我认识的领军人物不是伟人，而且也不聪明，他们是学者，而不是思考者；他们是思考者，而不是行动者。我觉得他们没有能力跃上巅峰，他们从不渴求与众不同。

于我而言，他们都是好人，所谓好人，就是希望没有不幸，行为举止无私且得当。无人生还比知道托马斯·麦克多纳更为糟糕，至少我从未亲耳听见麦克多纳对任何人不友好或出言不逊。据说他的诗作具有重大意义，根据某一衡量标准，事实的确如此。如果用同一标准去衡量他的死亡，那将是件意义非凡的事情。他受审后即被枪决。他和年轻的太太育有二子，与家人从此天人相隔并非易事。人们说他临死之前回想起美好的过往时，肯定备受折磨，这是多么的痛苦。与强权对抗时，我们都是宿命论者，但我希望，当士兵将他押赴刑场时，忧愁能远离他。

我也认识拉伊利，但并不亲密。我只能说他是个有幽默感、充满活力的绅士。他是个有想法且健谈的人，嘴边总是挂着笑容。

我也认识普伦基特和皮尔斯，但并不亲密。年轻的普伦基特永远不会给别人留下激进分子的印象。跟皮尔斯和麦克多纳一样，他也会写诗，三人的作品不分伯仲。他偏爱古灵精怪的东西。他学习埃及语和梵语，还有一大堆稀奇古怪的东西，爱好发明和看戏。他受审后被判处死刑，已被枪决。

至于皮尔斯，我不知如何评价他，更不知从何说起。如果说起这场起义的理想主义者，那毫无疑问就是他。如果问起世界上最不适合被砍头和起义的人，那毫无疑问也是他。至于他人说起的品质，那些成就这位起义军事将领的品质，我从未真正“触及”或感受。这些人都没有吸引力，拉金先生魅力非凡，但我觉得皮尔斯跟其他人一样普通。然而恰恰是他号召了如此多的民众加入起义队伍中。

民众要找到权力、行动或才智的中心，才能团结起来。我认为皮尔斯之所以成为领导者是因为他是性情中人。他并非心浮气躁，而是在不同角度，人们会觉得他遭受的远比享受的要多。

他拥有权力，他的亲密朋友们开始为一己私欲和利益行动。他的校长们没有定期领到薪水。他没有支付他们薪水的原因很简单，那就是他身无分文。要是换作别人，这个解释显然不成立，但在他身上，这个解释合情合理，甚至小孩都能理解。令人吃惊的是，这些校长并没有弃他而去。尽管报酬迟迟没有着落，他们都被孩子必须接受教育的理想冲昏了头，心甘情愿地留下来。他的一个学生说，对皮尔斯撒谎一点儿都不好玩，因为无论谎言多么离谱，他总是坚信不疑。他建立、整修和改善他的学校，因为一切都是为了他的学生们，不知怎的，他总是能找到为这些孤注一掷的希望奋斗的人们。

我认为，他不是“信仰上帝”，而是当某些事需要完成时，他不顾逻辑、金钱和权力地完成了。他说过，这件事必须完成，而且如今只有一个人能做，那我会去做。他铆足劲儿去完成这个任务。

想起这些不得不挑起血腥且孤寂工作的人，不禁感到惋惜。我们甚至可以想象他们在呐喊：“噢！太可恨了！”怒吼后他们毅然扛起了这份责任。

劳工与起义

在爱尔兰，似乎无人能清楚地知道志愿军的确切信息，他们的目的和人数无从知晓。如今我们知道了领导者的名字。他们被执行死刑的故事让我们熟悉了这些名字。共和国宣言让我们了解了他们的目的，但针对他们的人数则存在三种猜测：10000、30000或者50000。毫无疑问，第一个数字太小了，第三个数字又太大了。爱尔兰人认为，人数应该介于1.5万~2万。

当然，市民组成的军队或者志愿军中的劳工人数不会超过10000，也难以达到这个数目。然而一些人认为，最近一次的起义是为了解决都柏林的劳工问题，而非出自国家利益或爱国情怀。这一说法基于一些灵活多变的事实。

这是个有趣的观点，但在我看来，这是错误的。

志愿军有200多名都柏林劳工，当命令下达时，更大规模的市民军队将无法行进。爱国理想几乎是每一个非工会成员的爱尔兰人的历史使命和重担，同时也激励着如此庞大的志愿军队伍。他们与劳工的联系更多体现在行动上，而非情感上。

有两个不同和对立阶级认为，劳工是志愿军的重要组成部分。

就像有人从两性角度去解释人生一样，有个阶级秉持经济理念，他们在人类活动背后发现了工资和利润的冲突。事实的确如此，但不应夸大。在爱尔兰，劳工并没有占据举足轻重的地位。尽管每一种观点都认可其地位的重要性，但劳工的概念还没有在爱尔兰得到普及，正处于“上升”的过程。当这个国家面临劳工问题时，执政党并没有把它当回事，只有两个人——拉金先生和詹姆斯·康诺利正视它，他们都是特别的人，充满了好奇心。

事实就是爱尔兰的劳工并没有成功组织任何活动，更不用说表示不满。这是缺乏自我觉醒的表现。在都柏林以外的地区，这种情况并不存在。整个国家的想象力相对局限，无法接受自由以外的事物，“统治者”的政策让我们忙于政治，无暇顾及社会理念。他们认为这是一项可取的政策，而且到现在为止该政策取得了全方位的胜利。

在其他国家，劳工们早已习惯说出接受和拒绝，然而在爱尔兰，即使在都柏林，他们的同行尚未尝试这种方式。但爱尔兰即将迎来自由，这种欲望相当明显，某种程度上早已路人皆知。他们理解的主题，拥有一套完整的语言，但他们不愿为了那些不了解或不珍惜的主题献身。

或许任何行动要想上升为全国范围，皆需知识分子的振臂一呼以及经济上的重创，当这些因素都具备时，那这次起义将势不可当。在爱尔兰，在都柏林地区有组织的劳工示威，并不足以将其目标或色彩加诸在志愿军身上，而恰恰是劳工的理想融合且消失在全国起义中。

毫无疑问，两年前的大罢工仍是都柏林劳工难以抹去的痛苦记忆。然而，这段记忆对于那时的劳工或许不是那么痛苦。不过，当时人们对英格兰的憎恨，或者双方冲突的压力，都无法归咎于英格兰。当地商人，尤其是地方警察、掌权者和法院压制他们，因此他们才应是怨恨的来源。

游行示威的原因并不难懂。我无须推敲，便可知他们针对英格兰起义的原因，除非他们首先是爱国者，之后才是工会成员。

我不认为理想和现实在都柏林起义中实现了完美的结合，但我认为这是执政党迈出的第一步，多年后爱尔兰将出现更大、更难以解决的麻烦。

或许不会出现更大的麻烦，因为联合行动在爱尔兰的发展慢中有稳，将厘清我们的经济问题，如果英格兰民众觉得国家问题不应一次性解决，在这过程中还可以顺带解决。

詹姆斯·康纳利全心投入在国家和经济战营，他是个豪爽的人，愿意同情那些肆意浪费的人。

毫无疑问，他井然有序的战略大大帮助了志愿军。拉金先生处于爱尔兰劳工运动的中心，康纳利则是智囊。由于其在起义中的地位，他被处以死刑，现已逝世两天。

他在战争中身负重伤，经过悉心照料才得以重新站起来，这一事实没有遭到过多的怀疑，他现已被击毙。

其他人也丧生了。我与他们并非深交，康纳利也不过是熟人一个。几个月以前，我见过他几次，但每次其他人都在场，他在这些场合很少发言。别人告诉我，他天生寡言少语。他是爱尔兰可有可无的备胎，但全世界的劳工都为他的逝去默哀。

曾经照料过他的医生在弥留之际称，康纳利平静地接受了死刑的判罚。在宣判的那个早晨，他就被枪决了。这位绅士对他说：

“康纳利，当你站着被枪决时，你是否会为我祈祷？”

康纳利回答道：

“我会的。”

他的访客继续说道：

“你是否会为那位刽子手祈祷？”

“我会。”康纳利说道，“我会为世界上做好自己本分的好人祈祷。”

他是个忠于职守的人。我们可以肯定他遵守了那个承诺。他会为那位无暇为自己祈祷的人祷告，正如他多年来原本可为自己奋斗，却为他人而奔走一般。

爱尔兰人的问题

爱尔兰人的确有一个疑惑。爱尔兰有两个问题，当中最重要的并非是我们报纸或政治宣传的头条。

第一个是国际性问题，简单地说就是，爱尔兰希望对本国拥有自主权。英格兰人声称有同样的想法，在任何时候都可以充分理解这一点，没有必要再纠结于这些问题。

另外一个问题则大相径庭，三言两语难以说明白。问题的难点在于，只有通过某种方式寻求爱尔兰的自由，该问题才得以解决。因为自由理想象征着这个民族的想象力。它就像个噩梦，缠绕着爱尔兰，阻止了国内一切民主和文化事业，甚至可以毫不夸张地说，如果这场昏迷和高烧持续，爱尔兰将无法继续生存。想象力是一种智力优势，不应遭受禁锢，而应让其发挥作用，这也是我们所需要的。

第二个问题也可以看作宗教问题。接受一种想法比质疑更加轻松，这一说法被当作真理，但事实上并不正确，在爱尔兰人的生活中，没有一个谎言能如此根深蒂固、无理取闹，没有一种政治谎言能如此不高明，体现赤裸裸的剥削。

在爱尔兰，政治一向褊狭，而宗教一向宽容。我不是天主教徒，并不打算宣扬我骨子里不喜欢的宗教系统，但我从未在该教派的同胞身上发现真正的褊狭，却发现了新教徒的不宽容。我会缩小言论的范围。应该说，我发现部分新教徒心胸狭隘。在爱尔兰北部以外的地区，不存在宗教问题，而在北部，从本质上说，与其说是宗教问题，不如说是政治问题。

所有的思想都是一个人想法的浓缩，因此我们可以对爱尔兰的第二个问题得出一个结论。它既不是天主教也不是国家主义者的问题，不完全是新教徒和工会成员的问题，而是后者极端势力的责任。即使是一个在爱尔兰生活了许久的爱尔兰人，也难以触碰到该问题真正的政治事实，它深埋在爱尔兰新教政治下，在英格兰或爱尔兰不断受到反对和攻击。这就是事实，周边的人对他们国家怀着一种永久的、致命的和难以解释的憎恨。

有些人或许会对显而易见的现实做出广泛的总结，并试图通过这种方法解决问题。我们认为，对英格兰的忠诚是他们行动的真正中心。我同意这一看法，但它只触及了一点。我们同情那些出生且生活在和平中的同胞，但对英格兰的忠诚并不涵括这份同情背后的憎恨、盲目和懦弱。我们可以认为，这归咎于特权思想和对权力的欲望。所以，我只能将这想法看作是问题的一个方面，但这些都是文化观念，当达到爆发点时将不再发挥作用。

我知道只有两种精神状态是完全脱离肉身和意识的，那就是懦弱和贪婪。难道说敌意不仅仅是这两种状态的综合体？他们害怕什么？觊觎什么？在一个国家，他们可以再度怀疑事实无罪，或者觊觎如羊骨般贫瘠的土地吗？他们已经自我催眠，幻化为强盗、恶棍和巨人，变身成儿童故事里臭名昭著的坏人。

我不认为这是在讲故事，但我认为当中的确有故事可讲，那就是工会党是一支为外人不懂的派别。我猜想该党有一个秘密组织，如果真是如此，我迫切想知道他们的地位，他们是如何与人性或者社交生活达成一致。这些纯属猜测。我作为一个小说家，一向喜欢天马行空，这次却不想添油加醋。

但第二个爱尔兰问题并非像表面般严重。虽然问题现在很严重，但一旦爱尔兰取得国家独立，将不再严重。

对抗谎言的最好办法就是不去相信它，爱尔兰在这种情况下就是采取了这种防卫。由工会右翼做出的声明并不仅仅基于宗教，他们综合了所有因素。根据他们的说辞，在爱尔兰生活并不安全。无论白天或夜晚，民众都担心财产会被挪用，心里惴惴不安，还有其他一些未阐明的情况更加悲惨、阴暗和鬼祟，谣言在国外悄声四起。

这些事情在爱尔兰都没有得到重视，事实上，它们不是爱尔兰消费的肉类。爱尔兰的法官总是佩戴白色的手套，如果不是因为政治问题，他们将没法当面看清自己的手。爱尔兰的律师公会几乎泪流满面，齐声喊出“土地法案”，不再冷眼看待贫困。这些传闻都是为英格兰而造，也顺利传到了那片土地上。如果没有市场需求，传闻将止步。当这些人明白自己并未真正掌控这个有钱有势的大集团时，或许会变得爱国和具有社会性。但爱尔兰并未采取任何防卫措施，而英格兰却对这些传闻兴奋不已。她按照自己的意愿将爱尔兰打造成一个果冻。她对他们唯一的阻碍就是自由。

所有人的生活都相对简单。有人饥肠辘辘，知识赋予他工作，得以度过余生。有人会发现自己是爱尔兰人（对于很多人而言，这都是一个发现的过程），知识简化了随之而来的政治行为。你可以完全是爱尔兰人，正如卵石或星星般完整，这就是作为爱尔兰人的舒适感。但没有一个爱尔兰人希望成为混血英格兰人，如果真有这种追求，那自杀绝不是一种英雄行为。

北爱尔兰问题一直没有得到秘密镇压。民族主义者的想法过于空泛，认为北爱尔兰对爱尔兰的态度根源于傲慢和固执。将这两种坏因素都纳入北爱尔兰构想中，并不能解释北爱尔兰的立场问题。爱尔兰的官方表态以及北爱尔兰都没有得到恰当的解释。

爱尔兰政党采取了什么措施来减少北爱尔兰的偏见，让不和谐的声音与爱尔兰其他地区达成一致？悲哀的是，答案很完整。他们冷眼旁观。他们或许曾采取了措施，却让北爱尔兰人恨得牙痒痒。有时当奥兰治党主义[※1]奄奄一息时，他们支撑和引领爱尔兰民众，北爱尔兰人对爱尔兰眼下的时局做出了回答。如果当局有一丝政治才能，那么在过去10年里，他们就会奔走于北部，向北方黑佬们解释，抚慰和讨好他们。但是，正如善良的爱尔兰人一般，他们不能脱离英国了，他们在不盛行游行的国家示威、发表演说，仅仅是爱尔兰口音已经让英格兰人无聊至极，恸

※1 奥兰治党主义（Orangeism）：反对爱尔兰民族主义和天主教，企图让新教占据统治地位。

哭不已。

游行让贝尔法特的民众欢欣，演说则帮助德里的民众意识到，为了我们共同拥有的这片土地，要想消除这些胡言乱语，就必须实现地方自治和民族团结。

让当局解释为什么忽视了派遣合适人选前往安抚北爱尔兰民众的政治义务。简单来说，他们为什么联合抵制北爱尔兰，未经证实就轻信谣言，让政治、宗教和种族敌意在爱尔兰境内滋长。难道他们害怕会被扔“坚果”吗？无论他们害怕什么，他们给予北爱尔兰最遥远的安全距离，在其他地区大声高调，却在那片土地上保持沉默。

北爱尔兰的不满表面上是宗教问题，但要制订这类问题的保障措施相当容易，且实施难度低，如此一来，这类问题基本上就不予考虑。真正的难题在于经济，相当复杂棘手。但除非能立马察觉利润和损失，否则人的灵魂不会轻易被会计师的故事所搅动。因此我们的北爱尔兰同胞高举宗教旗帜，在那神圣的徽章下，为部分人口中的贪欲而战，直白地说就是为了面包和黄油而战。

新芬[※1]一词意指“我们”，这一章我从“我们”的角度出发讨论问题。比任何政治解放更为迫切的是，聚集所有善良的人们，共同解救这片贫困的土地。我们关注的焦点不应放在天涯海角，而应聚集在我们的周边及所能触碰到的一切。如果能巧妙回避的话，没有一位政治家愿意向我们谈起爱尔兰。他的故事仍旧是关于威斯敏斯特、钦博拉索山[※2]和月亮山。爱尔兰人必须开始为自己设想，有主见，而不是一味地将精力浪费在太过遥远且障碍重重的事业上。我认为，我们的同胞并不逊色于他国人民。或许谈不上更好，但至少不会太差。我觉得本土政治徒然无功，摧毁灵魂。我们拥有的这片岛屿面积小之又小，却是我们需求的20倍，即使穷尽我们子孙的一生也无法用尽它的点滴。我们城镇有太多的问题亟须解决，这让无数智者黔驴技穷。这就是世界，充满了疑惑与快乐。没有迷失的一切，更不用说勇敢的人们，他们已

※1 新芬(Sinn Fein)：爱尔兰民族主义政党，致力于爱尔兰的政治和经济独立并复兴爱尔兰的文化。

※2 钦博拉索山（Chimborazo）:位于南美洲厄瓜多尔中部。

经被利用过了。从今天开始，爱尔兰将展开一段伟大的旅程。志愿军已牺牲退场，现在轮到积极响应号召的民众上场了。

哲人之旅

（《金坛子》节选）

《金坛子》是爱尔兰作家詹姆斯·斯蒂芬斯的代表作，由六个不同主题的故事组成。

这是一部独特的作品，融合了哲学、爱尔兰民间故事和永远绕不开的两性探讨。全书文笔幽默而不失优雅，在出版后即大受欢迎，曾多次重印。

第一章

两个孩子回家后，向哲人报告了他们的所见所闻。哲人向他们详细询问了潘神的长相、他是如何招待他们的，以及他是怎么为自己的恶行辩护的。当哲人发现潘神并没有回复他的口信，他相当恼火。他想说服自己的妻子前去造访，代为传达他对潘神的憎恨和蔑视。但是瘦女人尖酸地反驳道，自己是一个可敬的已婚妇女，已经没了智慧，一点也不想失掉更多的美德，并且一个丈夫绝不会做出任何危及自己妻子名声的举动。就算她如此不幸，嫁给了一个蠢货，她的自尊还是幸免于难了。哲人则指出，凭她的年龄、她的容貌和她的语气，足以让她免遭潘神的魔力甚或谣言。而且，对于米豪尔·麦克穆拉楚的事件，他只是出于科学上的兴趣和帮助他人的善意，全无个人感情。而这居然被他的妻子贬低为那种做丈夫的常常会有的、不怀好意的促狭伎俩。

他们俩都这么在意这些事，这事情算是打了个死结。于是哲人决定将这件事呈交给安格斯·奥格，求他庇护麦克穆拉楚一族。他吩咐瘦女人给他烤两个面包，着手安排这趟旅程。

瘦女人烤好了面包，把它们放在袋子里。第二天一大早，哲人将包裹甩到肩上，踏上了寻访之旅。

走到松林边上，他拿不准自己朝哪个方位去，于是稍停了一会儿。然后，他选择向戈特–纳–克洛卡–莫拉的方向走去。穿过戈特–纳–克洛卡–莫拉的时候，他突然觉得应该拜访一下矮精灵，和他们谈谈。但念及米豪尔·麦克穆拉楚以及自己正在为之奔劳的麻烦——这一切都能直接追溯到矮精灵头上——他便对他的邻居冷下了心肠，从紫杉边走过，毫不逗留。他很快走到了那片石楠丛生、凹凸不平的山地，孩子们就是在这儿发现了潘神。他继续向山上攀爬，发现卡伊缇琳·妮·穆拉楚手里拿着一个小罐，正走在前方不远处。一头刚被她挤过奶的母羊正低头吃草。前方卡伊缇琳步履轻盈的模样让哲人不由得闭上了眼睛，胸中燃烧着正义的怒火，但出于一种不能免俗的好奇心，随即便睁开了双目——这全都是因为那女孩未着寸缕。他一直盯着她，看到她走到树丛后，消失在岩缝里。对女孩和潘神的愤怒控制了他，使他放弃了那条孩子告诉他的直通山顶的路线，向岩缝走去。听到他的脚步声，卡伊缇琳慌忙从岩洞里跑了出来。然而，哲人从她身边挤了过去，鄙夷地唾弃。“荡妇。”他说完后便走进潘神所在的岩洞里。

他一边走着，一边为自己严苛的态度而懊悔。他说：

“人类的躯体由血肉和肌腱组合而成，包裹在骨架之外。衣服的首要用途是保护身体免于寒冷、免于雨淋，如果没有危及这一基本前提，它不该被看作道德的标杆。如果一个人不想要被这么保护，谁能对这值得尊重的自由说不呢？高贵不在于服饰，而在于心灵；道德在于行为；美德在于思想——”

“我常常想，”他走到了潘神面前，继续对潘神说，“衣饰对心灵的影响一定是非常巨大的。它定然是修饰了心灵，而非拓展了心灵，甚或是使之强化，也并非使之活跃。衣饰的存在即刻影响了整个环境。空气这一天然的媒介，仅仅是滤过我们的身体，其轻微的影响完全及不上这无所不在的基本元素所带来的好处。这自然引发了一个问题：衣服是否和我们想象的一样，是非自然的呢？从保护人体免受恶劣天气影响的角度看，我们发现许多生物因由自身内在的驱力，长出某种可以被视为其衣物的外层甲胄。熊、猫、狗、老鼠、羊和海狸，都被毛皮包裹着，所以这些生物不能被视为赤身裸体。螃蟹、蟑螂、蜗牛和贝类，都为自己定制了甲壳质的装备，以至于要看到它们本身的肉体，只能用外力使之暴露出来。类似地，其他生物都给自己提供了某种遮蔽物。因此，穿衣服不是一种艺术，而是一种本能。人赤裸着来到这个世界上，不能自己长出衣物，却要从各种遥远而随机的来源采集，我们没有理由把这种需要当成一种寻求礼仪的本能。你也会承认，这些想法是重要的反思，在我们触及那宽泛而棘手的主题——道德与不道德行为——之前，值得加以考虑。那么，什么是美德呢——”

潘神彬彬有礼地听完了上面一席话，忽然打断了哲人。

“美德，”他说，“是令人愉悦的行为。”

哲人将这一论断在食指上掂量了一下。

“那么，什么是邪恶？”他说。

“邪恶就是，”潘神说，“无视令人愉悦的行为。”

“如果是这样，”哲人评论，“到目前为止哲学都走在一条错误的道路上。”

“正是如此。”潘神说，“哲学的生活方式是一种不道德的行为，因为它暗示着一种无法被遵循的行为标准。即使它可以被遵循，也必将导致贫乏这种滔天大罪。”

“美德的概念，”哲人带着几许愤慨说，“曾经激励了世界上最高贵的智者。”

“它并没有激励他们，”潘神回答，“它只是催眠了他们。因此他们把自我压抑当成了美德，把自我牺牲当成了可敬之事，而非它的本来面目——自我毁灭。”

“确实，”哲人说，“这很有意思，如果这是真的，生命的所有举动都会变得简单多了。”

“生命本来就很简单，”潘神说，“生命就是生与死，在生死之间饮食、歌舞、结婚生子。”

“但是这仅仅是物质主义。”哲人喊道。

“你为什么说‘但是’？”潘神回答。

“这是赤裸裸的，无药可救的动物性。”哲人继续说道。

“你想叫它什么都行。”潘神回答。

“你什么都没有证明。”哲人吼道。

“可以被感知的东西无须证明。”

“你遗漏了新事物，”哲人说，“你遗漏了大脑。我相信意识高于物质、思想高于情感、精神高于肉体。”

“你当然这么认为了。”潘神说着，拿起他的麦秆做的牧笛。

哲人向出口狂奔而去，一把推开卡伊缇琳。“荡妇。”他尖刻地说，然后冲了出去。

在崎岖的山道上攀登时，他仍能听见潘神的笛声，召唤着，低诉着，传递着无上的欢乐。

第二章

“卡伊缇琳不值得被拯救。”哲人说，“但我还是要救她。事实上，”他思考了一会儿，“她不想被拯救，然而，我就是要救她。”

下山的路上，她的倩影浮现在他的眼前，像古老的雕像一般美丽简洁。他恼火地甩甩头，想要摆脱那幽灵般的幻影，但那幻影却顽固地不肯消散。他想要把精神集中在深刻的哲学箴言上，然而她那扰人的影像总是插入他和他的思想之间，继而完全抹杀了后者。以至于当他前脚刚声明了一句格言，后脚就忘记自己刚刚说了什么。这种精神状况对他来说极不寻常，让他困惑不已。

“精神竟然如此脆弱，”他说，“连一个身影，一个活的几何形体都能从根基上动摇它！”

他被这个念头吓到了：他意识到文明的殿堂乃是建筑在火山口之上……

“一个气泡，”他说，“破灭了。一切事物的表象之下乃是混沌和激进的无政府主义，一言以蔽之，是贪婪坚忍的欲望。我们的眼睛告诉我们应该思考什么，而我们的智慧不过是一个感官刺激的目录。”

他本应沉浸在深深的沮丧中，然而在他的混乱之中，却有一道幸福的清泉汩汩流出，他从孩童时期起就没有感受过如此美妙的快乐。岁月从他肩头轰然落下。他每迈出一步，就放下了一磅重负。他的面容开始动摇，在奔跑之中他发现了一种他不能从思考中获得的愉悦。事实上，他觉得思考与之相比大为逊色。所以，说他无法思考并不准确，他只是不想思考而已。精神的全部重要性和权威性似乎正在消退，原本只属于肉体的行为吸引了他的注意力。他惊讶地看到山峦和村庄沐浴在阳光里。篱笆上的一只鸟攫住了他的心神——鸟喙、头、腿，还有那沿着风的弧度逐渐变细的宽大翅膀——这是他生命中第一次真正地看见了一只鸟。下一分钟，它振翅飞去，他甚至能够模仿出它尖锐的鸣叫。在蜿蜒的山路上，他每踏出一步，景色便随之变化，发现并观察到这一点使他近乎狂喜。一座陡峭的山崛起在路中央，然后融化成了一片倾斜的草地，直滚到村庄里去；之后轻松安闲地攀爬而上，重又变成山峰。在另一边，一丛树木友好地一起轻轻点头。远处有一棵独自生长的大树，枝繁叶茂，洁净美丽，对美好的独处感到怡然自得。一丛灌木低低地蹲伏在地上，仿佛它就要跳起来，追着兔子大笑大叫着穿过草地。到处都是大片的阳光，而影子的深井也无处不在；说不上来何者更加美丽。阳光！啊，它的荣光，它的美好和勇气，它的照耀多么无边无际，毫不吝惜，毫不在意。他看见太阳那无法计数的慷慨，自己也为之感到光荣，就好像是他自己掷洒了这慷慨的赠予。难道不是他吗？难道阳光没有从他的头上流泻而下，没有从他的指尖获得生机？真真切切地，他心里的快乐膨胀出来，超越了宇宙。思想！啊！这可爱的东西！但是动作！感情！这些才是现实。去感受，去做，去欢天喜地地大步向前奔去，高唱这壮美生活的赞美诗！

过了一会儿，他觉得饿了。他伸手到包裹里掰下一块蛋糕，开始寻找一处适于进餐的地方。路边有一口井，那是一个聚满了水的小角落。井上方盖着一块粗糙的石头，浓密安静的灌木在井周围的三面环绕着，几乎完全阻挡了人们的视线。他本来都不会注意到这口井，只是有一条两掌宽的小溪若隐若现地从井里流出来，流向田野里，暴露了它的存在。他在井边坐下，用手舀水，觉得水很好喝。

他正吃着蛋糕，不远处有声音传来。不一会儿，一个女人出现在山路上，拎着一只水罐要过来汲水。

她是一个大块头的女人，模样却很清秀。她走路的样子活像是那种一生顺遂、无忧无虑的人。当她发现哲人坐在井边，她惊讶地停了一会儿，然后带着快活的微笑走上前来。

“早安，先生。”她说。

“早安，女士。”哲人回礼，“在我旁边坐会儿，吃块蛋糕吧。”

“当然，太好了。”女人说着，在他身边坐了下来。

哲人掰了一大块蛋糕给她，她吃了一点。

“这蛋糕有种特别的味道。”她说，“是谁做的？”

“我的妻子。”他答道。

“哇哦！”她打量着他，说，“你知道吗，你看起来一点也不像个已婚的人。”

“不像吗？”哲人说。

“一点也不像。一个已婚的男人看起来安逸沉稳：他看起来像是完成品，如果你懂我的意思。而一个单身汉看起来浮躁又滑稽，他总想到处跑、到处看。我总能分辨出来已婚和未婚的男人。”

“你怎么分辨呢？”哲人说。

“很简单，”她点点头，说，“从他们看女人的方式。一个已婚男人会安安静静地看着你，好像他完全了解你。对女人来说，他身上没有什么奇异之处。但一个单身汉会尖锐地看着你，忽而移开视线忽而又看回来。这样你就知道，他正在琢磨你，不知道你在怎么想他。所以他们总是奇异的，而这就是为什么女人喜欢他们。”

“为什么！”哲人惊奇地说，“女人喜欢单身汉胜过已婚男人？”

“当然了，”她由衷地回答，“如果有个单身汉在路左边，女人们绝不会看一眼路右边的已婚男人。”

“这件事，”哲人说，“非常有趣。”

“奇怪的是，”她继续说，“我在路上看到你时，我对自己说，‘这人是个单身汉’。你结婚多久了？”

“我不知道，”哲人说，“大概有十年了吧。”

“你有几个孩子，先生？”

“两个，”他答道，紧接着就纠正了自己，“不，我只有一个孩子。”

“另一个夭折了吗？”

“我从来只有一个孩子。”

“结婚十年了，只有一个孩子，”她说，“为什么呢？亲爱的，你根本就不算已婚。你过去都做了些什么，做了些什么！我不会跟你讲我那些活着的和死去的孩子。但是我要说，不管结婚与否，你都是个单身汉。一看见你我就知道了。你的妻子是个什么样的女人？”

“她是个很瘦的女人。”哲人咬了一口他的蛋糕，说道。

“她现在还是这样吗？”

“还有，”哲人接着说，“我跟你聊天是因为你是个胖女人。”

“我不胖。”她愤怒地反驳。

“你胖，”哲人坚持，“而这正是我喜欢你的原因。”

“啊，如果你是这个意思——”她咯咯笑了。

“我认为，”他爱慕地看着她，继续说，“女人就应该胖。”

“实话告诉你，”她热切地说，“我也这么认为。我从没见过一个不刻薄的瘦女人，也从没见过一个不蠢的胖男人。胖女人和瘦男人才是自然的。”她说。

“正是如此。”他说完便俯身过去，亲吻她的眼睛。

“啊，你这浑蛋！”女人边说着边伸手推他。

哲人窘迫地缩回来。“请原谅我，”他说，“如果我玷污了你的美德——”

“这是已婚男人的台词，”她匆匆站起来，说道，“现在我知道你是了。但你身体里还是有许多单身汉的成分。愿上帝帮助你！现在我要回家了。”说完，她将水罐放到井里装满水，转身离开。

“或许，”哲人说，“我应该等你丈夫回家，为我所做的对不起他的事寻求他的原谅。”

女人转过来面对着他，眼睛睁得像盘子一样大。

“你说什么？”她说，“如果你敢的话，跟着我，我要放一条狗来咬你。我一定会这么做的。”她恶狠狠地大步向家走去。

犹豫了一会儿，哲人选择继续走他穿越山岭的老路。

天色已晚，他在山间跋涉时，周围环境里幸福的宁静再度溜进他的心，安抚了他关于胖女人的记忆——有那么一会儿，她不再是一段愉悦有趣的回忆。他不再深思，只是肤浅地运转着他的头脑，想着自己为什么会吻一个陌生女人。他对自己说，这样的行为是错误的。但是这一判定不过是长期习惯于分辨对错的头脑的自动反应，因为，几乎在同一瞬间，他向自己担保他的所作所为完全没什么要紧的。他的观念正在经历一种有趣的转变。正确和错误发生碰撞，紧密融合，最终几乎无法拆分。和错误相连的污名似乎同它的重要性不成比例，而正确也完全配不上与之相伴的赞誉。是否任何邪恶加之生命的短期甚至是长期效果，都会立刻被转化成美德所带来的均等影响？然而这些微小的反思只困扰了他一小会儿。他不想搞任何内省式的发掘，感觉良好本身就已经足够了。为什么思考于我们这么明显、这么引人注目呢？要不是出了问题，我们不会意识到我们有消化或是循环器官，自此之后，对它们的认知便折磨着我们。健康大脑的劳作就不能同样程度地隐秘而又同样能干吗？我们为什么必须大声思考，努力从三段论走到结论，谨慎对待我们的结论，怀疑我们的假设？思考，因为我们能意识到它，所以它仅仅是一种疾病。健康的精神应该宣扬它的信念而非它的劳作。我们的耳朵不该听到它疑惑时发出的喧嚣，也不应被迫倾听我们永远为之困扰的利弊之辩。

道路像缎带般在山间蜿蜒。道路的两旁是篱笆和灌木——矮小坚硬的树木把叶子紧攥在自己手中，激得风要从这紧握的手里夺取叶片。山脉升起又下沉，高高地笼罩在每一片风景之上。这时，溪流下落的叮咚声打破了静谧。远处有一只牛哞哞直叫，传出悠长低沉的单调音节。远处还传来一只山羊颤动的叫声，不知从何处来，又飘向何处。周围弥漫着各种各样带着小翅膀的生灵发出的嗡嗡声，不过大体上是一片宁静。上山时，哲人顺着坡度前倾，猛力蹬地，几乎像一头公牛一样带着对克敌制胜力量的骄傲喷出鼻息。下山的时候，他背着手，任自己的双腿肆意撒欢。难道它们不知道自己的任务吗？——祝它们好运，然后走吧！

走着走着，他看见一位老妇人在前面蹒跚而行。她拄着一根拐杖，双手因为风湿又红又肿。她那看不出形状的靴子里有石子硌脚，硌得她步履蹒跚。她鹑衣百结，身上披着你所能想见的最破烂的碎布，而那些一度搭在她身体上的破布错综复杂地结在一起，再也没办法从身上脱下来。她一边走，一边自言自语，嘟囔个不停，这让她的嘴看起来像印度橡胶一样不息地努来努去。

哲人很快就赶上了她。

“早上好，女士。”他说。

但是老妇人没有听到：她似乎正专心感受着靴子里的石子给她带来的疼痛。

“早上好，女士。”哲人又说了一遍。

这次她听见了，并且回答了他。她昏花的老眼慢慢望向了他的方向——“早上好，先生。”她说。哲人觉得她苍老的面容看起来非常和蔼。

“你有什么麻烦吗，女士？”他说。

“我的靴子，先生。”她答道，“它们满是石子，我几乎没法迈步，愿上帝帮助我！”

“你为什么不把它们倒出来呢？”

“啊，当然，我本来可以的。但是先生，靴子上全是洞，如果我把石子倒出来，不出两步，靴子里就会有更多的石子。一个老太婆不能总是走走停停。愿上帝帮助她！”

路边有一座小房子。老妇人看到它的时候，稍微振作了一点。

“你认识住在房子里的人吗？”哲人说。

“不认识。”她答道，“但是这真是栋漂亮的房子，窗户明净，门环闪光，连烟囱里的烟都——我在想如果我恳求女主人给我一杯茶的话，她会不会给我——我这穷苦的老婆子，拄着一根拐杖在路上挪！或者给我一点肉，或者一个蛋。”

“你可以去试试。”哲人温和地建议。

“或许我真的会。”她在房子外边坐下，哲人也跟着坐下了。

一只小狗从房子里跑出来，小心地凑近他们。它心怀善意，但它也早已经发现，友善的接近有时候会被冷漠地对待。这一点表现在，它接近的时候，半信半疑地摇着尾巴，低声下气地在地上打起滚来。很快地，小狗发现这儿没有恶意。它向着老妇人小跑过去，毫不迟疑地跳到她的膝上。

老妇人冲着小狗咧嘴笑了——

“啊，你这小家伙！”她说。她把手指给它咬。快乐的小狗在她瘦骨嶙峋的手指上磨牙，然后和老妇人胸口耷拉下的一块破布开始了一场模拟战斗。它带着愉悦的兴奋感对着布又吼又叫，老妇人只是抱着它，爱怜地抚摸。

对面房子的门迅速打开了，一个满脸冻疮的女人走了出来。

“放下那只狗。”她说。

老妇人谦卑地对她露齿而笑。

“遵命，夫人。我不会伤害这只小狗的，这小家伙！”

“把狗放下来，”女人说，“做你自己的事——你这种人就应该被抓起来。”

一个穿着衬衫的男人出现在她后面。老妇人对着他笑得更谦卑了。

“让我在这坐一会儿，和小狗玩玩吧，”她说，“路上挺冷清的——”

男人迈步向前，一把抓住小狗的后颈拎了起来。小狗挂在他的大拇指与其余四指之间，尾巴卷在腿间，眼睛惊讶地睁得溜圆。

“你给我滚蛋，老婊子！”男人可怖地说。

老妇人痛苦地站起来，重又用脚支撑起身体全部的重量。她蹒跚地走在尘土飞扬的路上，哭了起来。

哲人也站了起来。他非常愤怒，但是不知该做什么才好。一种异样的无力感阻止了他上前干预。当他们继续前行，他的旅伴又开始抱怨，更多的是对自己而不是对他——

“啊，愿上帝与我同在。”她说，“一个拄着拐杖的老婆子，世界如此之大，却没有一处栖身之地，没有一个邻居……我希望我可以有杯茶，好想。我向上帝祈求我能有杯茶……我坐在我的小屋里，桌上铺着洁白的桌布，碟子里是黄油，茶杯里是浓浓的红茶，我往里面倒奶油。或许，我也会告诉孩子不要浪费糖，那些小家伙！他说他今天要去大场子割草，要不就是那头红色的母牛要下崽，那可怜的东西！如果男孩们去上学了，谁给萝卜除草——我坐着喝我的浓茶，告诉他那只游荡的老母鸡蹲在哪儿……啊，愿上帝与我同在！一个老东西拄着拐杖，在路上摇摇晃晃。我希望我可以变回一个年轻女孩，真想。那么他就会向我献殷勤，他会说我真是一个好女孩，除了我的爱，没有什么能够让他幸福安宁。啊，他就是这样的人，一定的，那种，好男人……索卡·莱利想要勾引他离开我；有着大胆眼神的凯特·芬尼根在教堂里盯着他；他跟我说，跟我比起来，她们俩就只是一对老母山羊……然后我会和他结婚，跟我的男人回到我的小房子里——啊，愿上帝与我同在！他会吻我，会笑，会吓唬我。啊，那种男人，有着温柔的眼睛、温和的声音，会讲笑话会大笑，会思考世界还有我的全部——唉，真的……邻居会在晚上拜访我们，坐在火炉旁，指点江山，侃侃法国、俄国，以及其他一些奇怪的地方。他引领着谈话的方向，像个学问人一样。他们都听他讲话，互相点头，对他的博学感到惊讶。或者，邻居们会唱歌，他会让我唱爱尔兰民谣，为我骄傲……啊，那时，愿上帝与我同在，一个孤单的拄着拐杖的老东西，阳光照进她的眼睛，让她口渴不已——我希望有杯茶，好想。我向上帝许愿能有杯茶和一点肉……或者一个鸡蛋。一个顶呱呱的新鲜鸡蛋，麻花鸡下的，这家伙过去给我带来了多少麻烦！……我有过十六只母鸡，它们都会下蛋，真的。

……是这个奇怪的世界，这奇怪的世界——天有不测风云……啊，愿上帝与我同在！我希望靴子里没有石子，真的好想。我向上帝许愿能有一杯茶和一个新鲜鸡蛋。啊，荣耀归于我主，我的老腿日渐无力。希望有一天——当他在房子里的时候——我可以在房子里待一整天，打扫卫生，喂鸡喂猪，然后舞至深夜：他也会为我骄傲……”

老妇人拐上了一条蜿蜒的小路，继续自言自语。哲人长久地目送她。她的离开让哲人感到心情舒畅。他大步向前，抹去了心中她悲惨的形象。不一会儿，他又高兴起来了。太阳仍在照耀，鸟儿在他身边飞翔，前方宽广的山坡在快乐地微笑。

一条小路直角相交插入了他的道路。当他走近时，他听到一阵嘈杂声，是一大群人前行发出的声音——有脚步声，有车轮滚动时嘎吱嘎吱的声音，还有不停歇的低低的说话声。不一会儿，他就和小路平齐了。他看到一辆驴车，满载着锅碗瓢盆，旁边走着两个男人和一个女人。他们正在一起大声地谈话，声音非常刺耳。驴子拖着车沿着路走，无须任何协助，也不需要人给它指示方向。只要有路，它就一直走：如果它碰到十字路口，它就右转；如果有人说“吁”，它就停下；如果说“驾”，它就后退；如果说“对”，它就继续。这就是生活，如果有人质疑这一点，就会被棍棒、靴子，或是石头打；如果有人继续这么走，什么也不会发生，这就是幸福。

哲人跟这支队伍打招呼。

“愿上帝与你们同在。”他说。

“愿上帝和圣母玛丽与你同在。”男人甲说。

“愿上帝、圣母玛丽和圣帕特里克※1与你同在。”男人乙说。

“愿上帝、圣母玛丽、圣帕特里克，还有布瑞吉特※2与你同在。”女人说。

那头驴子却一声不吭。因为“吁”没有在对话中出现，所以它知道这不关它的事，向右转进入了新路，继续它的旅程。

“你去哪儿，陌生人？”男人甲说。

“我要去拜访安格斯·奥格。”哲人说。

男人瞥了他一眼。

“好吧，”他说，“这是我听过的最奇怪的故事了。听着，”他招呼他的同伴，“这个人在找安格斯·奥格。”

另外两个人靠得近些了。

“你想向安格斯·奥格祈求什么，亲爱的先生？”女

※1　圣帕特里克，5世纪时爱尔兰的基督教传教士与主教，他将基督教信仰带到爱尔兰。(译注)

※2　布瑞吉特，爱尔兰女神，司诗歌、锻造、医药、艺术、手工等。（译注）

人说。

“啊，”哲人说，“这是一个特殊事件，家庭事务。”

几个人之间出现了数分钟的沉默。他们全都跟在驴车后面一步步往前走着。

“你怎么知道到哪儿去找他？”男人甲又说，“你是不是从一本旧书上或是一块刻了字的石头上得知了他的所在之处？”

“你是不是找到了阿莫金※1或是奥西恩※2在沼泽里写的诗，而且它从头到尾都是符号？”男人乙说。

“不，”哲人说，“这样是不能找到神的。你要做的是，从屋里走出来，沿着任意一个方向一直走，把影子抛在身后，只要你是朝着山走的就好，因为神不会待在村庄或是平原上，他们只在高处；之后，如果神想要见你，你就会径直走向他的城堡，就好像你知道它在哪儿一样，因

※1 阿莫金：在公元前1530年从古西班牙海岸来到爱尔兰的伟大诗人，登陆时他吟诵的一首诗，流传至今。（译注）

※2 奥西恩：传说中公元3世纪盖尔族的英雄和吟游诗人。奥西恩在诗歌和小说上形成了奥西恩风格，其作品在爱尔兰和苏格兰流行了几个世纪。（译注）

为他会用空气之线引导你，那线从他的所在一直延伸到你这儿。如果他不想见你，你永远也找不到他，不管你走一年或是二十年都是一样。”

“你怎么知道他想不想见你？”男人乙问。

“他为什么不想呢？”哲人说。

“或许，亲爱的先生，”女人说，“你是那种圣洁到让天神喜爱的人。”

“我为什么需要是那样的人呢？”哲人说，“神喜爱人，不在于圣洁与否，只要为人正派就行。”

“好了，够了，我们扯了好多这些鬼话了。”男人甲说，“你包里有什么，陌生人？”

“什么也没有，”哲人说，“只有一块半蛋糕，是为我的旅行准备的。”

“给我一点你的蛋糕吧，亲爱的先生，”女人说，“每个人的蛋糕我都想尝尝。”

“当然没问题，非常欢迎。”哲人说。

“你分给她的时候，或许你也能分我们一些，”男人乙说，“她不是世界上唯一觉得饿的人。”

“为什么不呢？”哲人说着，便开始分蛋糕。

“那边有水，”男人甲说，“可以让蛋糕湿润一些——吁，你这浑蛋。”他朝驴子怒吼道，驴子立刻一动不动了。

沿着路缘，一堵墙边上生有一小撮稀稀疏疏的草，驴子慢慢地向着草移动过去。

“驾，你这畜生。”男人吼道，驴子立刻走起来，但是它走着走着渐渐向草靠了过去。男人甲从车里拿出了一个马口铁罐，攀上了那堵矮墙去取水。在他离开之前，他踢了驴鼻子三脚，但是驴子一声不吭。它只是静静地走着，径直走到了草边。男人爬墙的时候，驴子开始吃草。草里有一只蜘蛛蹲坐在一块大石头上。它有一个小身子和长长的腿，在那儿无所事事。

“有人踢过你的鼻子吗？”驴子问它。

“唉，有啊，”蜘蛛说，“你和你的同伴，总是踩在我身上，或是躺在我身上，要不就是用轮子碾我。”

“好吧，你为什么不在墙上待着呢？”驴子说。

“当然不，我老婆在上面。”蜘蛛回答。

“这有什么不好的吗？”驴子说。

“她会吃了我，”蜘蛛说，“并且，不管怎样，墙上的竞争是有致命危险的，那儿的苍蝇每过一个季度都变得更聪明也更胆小。你有老婆吗，现在？”

“我没有，”驴子说，“我希望我有。”

“你一开始会喜欢老婆，”蜘蛛说，“之后你就会恨她。”

“如果我喜欢过她一回，我就有可能喜欢她第二回。”驴子回答。

“单身汉才会这么说，”蜘蛛说，“无所谓了，我们总是不能戒绝女色。”说完，它开始移动它全部的腿，向墙的方向爬去。“你只会死一次。”蜘蛛说。

“如果你的老婆是头驴，她就不会吃了你。”驴说。

“那么她会做点别的。”蜘蛛回答，然后爬到了墙上。

男人甲带着一罐水回来了。他们坐在草上，吃着蛋糕，喝着水。女人自始至终都盯着哲人。

“亲爱的先生，”她说，“我想你在一个对的时刻遇到了我们。”

另外两个男人笔挺地坐了起来，互相交换了一下眼神，然后同样关切地注视着女人。

“为什么这么说呢？”哲人说。

“我们一路上都在争论一个问题，而即使我们从现在争论到世界末日那天都不会有什么结果。”

“这还真是一个大问题。它是关于宿命论或者意识的起源吗？”

“不是，是这两个男人我该嫁谁。”

“这并不是一个大问题。”哲人说。

“不是吗？”女人说，“我们七天六夜都只谈论这一个问题，这就是一个大问题，不然我想知道什么才是。”

“哪儿有问题，女士？”哲人说。

“问题在于，”她回答说，“我不能决定我应该选谁，因为我不分轩轾地喜欢他们两个，如果我选了一个，就必须也选择另一个。”

“情况真棘手。”哲人说。

“就是很棘手，”女人说，“这麻烦搞得我又恶心又愧疚。”

“那你为什么说我出现在一个恰当的时刻呢？”

“因为，亲爱的先生，一个女人需要在两个男人之间选择，不知道该怎么做，因为这两个男人总是像兄弟一样，你都不知道他们谁是谁：这两个男人间的区别不比两只野兔之间的区别更多。但是，如果有三个男人可以选，那就完全没问题了。所以我说我今晚应该嫁给你，而不是别人——你们俩安静地坐在你们的位子上吧，我告诉了你们我将要怎么做，而这就是问题的终结。”

“我向你保证，”男人甲说，“能让争论结束，问题得到解决，我和你一样高兴。”

“我曾经困惑的是，”男人乙说，“这整场争论，以及关于它的方方面面。你就不会说些别的，除了——‘或许我应该或许我不应该’、‘这是对的那也是对的’、‘为什么不是我为什么不是他’——我今晚终于能安睡了。”

哲人不知所措了。

“你不能嫁给我，女士。”他说，“因为我已经结婚了。”

女人愤怒地转向他。

“现在不要让我再面对任何争论了，”她说，“因为我受不了了。”

男人甲凶狠地看着哲人，然后向他的同伴示意。

“给他的下巴来一拳头。”他说。

男人乙正准备这么干，女人愤怒地制止了他。

“收起你的拳头，”她说，“不然你的状况会更糟。我完全有能力保护我的丈夫。”她靠近了些，坐在男人们和哲人之间。

这一刻，哲人突然感到蛋糕食之无味。他把剩下的蛋糕包起来，放回包里。他们全都静静地坐着，看着自己的脚，根据他人的个性相互揣摩。哲人的头脑本来因为过去一天的经历停止了运转，却因现在的新情况开始轻轻地波动了，然而没得出什么成果。他心中生出一种可怕却并不难受的激情。某种期待像闪电一样传遍了他的意识，加速了他的脉搏。他的血液急速地奔涌，上百种印象飞快地呈现在他眼前又被记录下来，他的大脑皮层活动那么剧烈，以至于他都意识不到他根本无法思考，只是看着、感受着。

男人甲站了起来。

“天要晚了。”他说，“如果我们想找个好地方睡觉的话，我们最好继续走。对了，你这个恶棍。”他冲驴子吼道。驴连头都没有抬离草地，就开始移动了。两个男人一左一右走在车两旁，女人和哲人跟在尾板后面。

“如果你觉得累了，或者别的地方有些什么不舒服，亲爱的先生，”女人说，“你可以到这小车里坐着，谁也不会说你什么。我看得出来，你不怎么出远门。”

“我完全没有旅行经验，女士。”他回答，“这是我第一次出远门。如果不是为了安格斯·奥格，我根本不会踏出家门一步。”

“别想着安格斯·奥格了，亲爱的。”她回答，“我们的爱不能让神知道。他或许会对我们降下诅咒，将我们沉到地里，或是像烧一把稻草一样烧掉我们。安于现状吧，我说，因为要是世上有一个全知的女人，那就是我；只要你跟我说你的困扰，我就能告诉你解决方法，和安格斯能告诉你的一样好，说不定还更好。”

“有意思，”哲人说，“你最了解什么？”

“如果你问那两个走在驴子边上的男人，他们会告诉你，在他们无能为力的时候，我给了他们种种帮助。没有路的时候，我给他们指路；没有食物的时候，我给他们吃的；他们输光了的时候，我把钱放到他们手里。这就是他们想要我的原因。”

“你管这种事叫智慧？”哲人说。

“为什么不呢？”她说，“难道不是只有智者才能走遍世界却从不害怕，在饥饿的时候却能喂饱自己？”

“我觉得是，”他回答，“但我从来没有这么想过。”

“那你觉得什么才是智慧？”

“我现在没法确定，”他回答，“但是我认为智慧是超脱世俗，无关饥饱，不生活在尘世上，只生活在自己的心里，正因世界是残暴的，你必须使自己高于外物而非让外物凌驾于你之上。我们不能做彼此的奴隶，我们也不能变成柴米油盐的奴隶。那不过是生存问题。如果饥饿可以在每个转角喊‘停’，而每日的旅程只是一次睡眠与下一次睡眠之间的距离，生活就没有任何尊严。生命是一场奴役，人的本性用食欲和疲倦之鞭驱使我们；但是，当一个奴隶反叛之时，他就不再是奴隶。我们若因饥饿而死，也能含笑而去。我相信，天性像我们一样活跃，她也像我们害怕她一样害怕我们。请注意，人类早已对天性宣战，并且我们终将获胜。她还不知道她掌控的地质年代已经时日无多。当她沿着反抗最小的路线嗒嗒小跑时，我们正疾速远征，直至我们找到她。然后，作为一个女性，当遇到挑战时，她注定会屈服。”

“高论，”女人说，“但是愚蠢透顶。除非女人们得到了她们想要的，否则绝不会让步。到那时候，让步有什么大不了的呢？你必须生活在这个世界上，我亲爱的，不管你喜不喜欢。相信我，除了喂饱自己，没什么可以算得上是智慧，因为如果你足够饿，饥饿会把你变成一只野兔。真的，现在像一个好男人一样听听劝吧。天性不过是一个名词，有学问的人发明了它，用它来进行讨论。黏土、神明、人类已经像朋友一样要好了。”

太阳下山很久了，灰色的夜幕覆盖了大地，隐藏了山峰，在零散的灌木和丛丛石楠周围投下阴影。

“我知道往山上去有个地方可以让我们过夜，”她说，“路的拐角处有一个小酒馆，我们在那儿可以搞到所有我们想要的东西。”

随着“吁”的一声，驴子停了下来，一个男人把挽具从它身上卸下。给它解除挽具以后，男人踢了它两脚：“滚吧，恶棍，看你能不能找到吃的。”他吼道。驴小跑了几步，四处探寻，总算找到了些草。它啃啊啃，直到吃够了才回来躺到墙根下面。它躺在那儿，盯着一个方向看了许久，最后垂下头睡了。睡觉的时候，它把一只耳朵竖起来，让另一只耷拉着；过了二十分钟再换过来。它这么折腾了一整晚。如果它有什么值钱的东西，你不会奇怪于它为自己放哨，但它在这世上只拥有自己的皮和骨，没人会想偷这个。

一个男人从车里拿出了一个长长的瓶子，携着它向山上走去。另一个男人取出了一个锡桶，上面满是撞出来的豁口。他捡了几块泥煤和木头，放在桶里。不一会儿，他就有了很好的一炉火。他们在火上烧开了一锅水，女人切了一大块培根搁在锅里。从车里的某个地方，她取出来八个鸡蛋，一条被压扁了的面包，一些冷了的煮土豆，然后她把自己的围裙铺在地下，把所有这些东西摆在围裙上。

那个男人回来了，带着装满了波特啤酒[※1]的瓶子。他找了个安全的地方放好酒瓶。之后他们把车卸空，抬到矮墙上。车被侧翻过来，拽到火旁边，这样，他们就可以坐在车里吃晚餐了。吃过晚饭，大家点上了烟斗，连那女人也不例外。波特啤酒被拿出来，他们依次从瓶里喝酒，抽烟，谈天。

那晚无星无月，火焰的边缘压着浓重的墨色。那黑暗是那么冷，那么空无，任谁也不想多看一眼。聊天时，他们的眼睛都盯着红色的火焰或者烟斗里升起的烟雾——它在黑暗里袅袅飘散，然后突然消逝如闪电一般。

“我在想，”男人甲说，“到底是什么让你决定嫁给他而不是我或我的伙伴？我们俩可是年轻力壮，而他已经上了年纪。愿上帝帮助他！”

※1 波特啤酒：一种深色的啤酒，源自于18世纪英国伦敦地区。它是由棕色爱尔啤酒改良而来，以烤过的麦芽发酵而成。它广受河上及街道搬运工的欢迎，因此得名。（译注）

“啊，就是，”男人乙说，“他的头发像獾一样灰，瘦得皮包骨。”

“你们有权这么问。”她说，“我告诉你们为什么我不嫁给你们之中的任何一个。你们只是一对补锅匠，东奔西走，对美好的事物一无所知；而他在路上寻找新异脱俗的奇遇。况且女人就想嫁比她的岁数还大一倍的男人。你们俩什么时候才会决定在大白天出门寻找一个神呢？你们什么时候才会不在乎在身上发生什么，不在乎自己要去向何方？”

“我想的是，”男人乙说，“如果你不去骚扰神祇，他们也不会干涉你。他们轻轻松松就能做好他们应该做的事。像我们这样的人，怎么能祈求神明，去干预他们至高无上的事务呢？”

“我一直都猜测你是个懦夫，”她说，“现在我确认了这一点。”她重又向着哲人——“把靴子脱下来吧，亲爱的先生，让你自己舒舒服服地歇息。我会在车里给你铺一张软床。”

为了脱下自己的靴子，哲人必须站起来，因为在车里他们紧紧地挤在一起，没有活动的空间。他向火堆外围走了几步，脱下了他的靴子。他能够看到女人正在车里抻开麻布袋子和布匹，两个男人在静静地抽着烟，把啤酒瓶传来传去。哲人他只穿着长筒袜，向火堆外围又退了一步。再瞥一眼，他转身离去，静静地走进黑暗中。不一会儿，他听见背后传来一声大喊，然后是好几声，再然后变作一阵哀愁的低语。最终，他孤身独立在他所见过的最深重的黑暗里。

他穿上了靴子，继续前行。他完全不知道路在哪里，每跌跌撞撞地踏出一步，不是踩到了一小片石楠，就是多刺的金雀花。地面坑坑洼洼，老有出人意料的土墩和深坑：到处是积水，甚至能淹到他的脚踝。天和地混为一体，只余黑色的空无和微弱的风。还有险恶的寂静，似乎一路上都在监听。在寂静之外，一阵雷鸣般的大笑突然爆发又停止，留下他一个人惊骇地僵立在伸手不见五指的空无里。

山路越来越陡峭了，路上布满了石块。他甚至看不清眼前一英寸的距离，所以他像盲人一样，伸着手摸索，痛苦地跌跌撞撞。过了一阵子，他几乎要因为寒冷和疲倦虚脱了，但是他不敢在任何地方坐下；如此浓重的黑暗震慑了他，而那种覆灭性的、狡诈的寂静也同样可怕。

最后，走了很久很久以后，他看到了一星摇曳的微光。他冲着它直奔过去，穿过丛丛石楠，越过石堆和沼泽。当他走近了，他发现那是一把粗枝扎成的火炬，火苗在风中摇摆。那火炬被一道铁箍固定在花岗岩的高崖上。在火炬的一边，石头上有一个黢黑的入口。他说："我要进去，睡到天亮为止。"于是他走了进去。过了一小段，岩洞向右转个弯，出现了另一支火炬。转过这个拐角之后，他被眼前所见震撼得说不出话来，呆立了片刻，然后捂住脸，跪拜在地上。

译后记

都柏林的雨总是那么缠绵，混杂着这座古老城市的气息，一不小心就断断续续地下上好几天。在都柏林住了五年，即使在这座精灵岛屿风雨总眷顾，却还是义无反顾地爱上了这座浪漫多情的城市。在传统的爱尔兰酒吧，喝着略带苦涩却回味香醇的健力士黑啤酒，伴着爱尔兰的古老民歌，让自己整个人沉浸在浓浓的异域风情中，又衍生出一种说不出的放松。街头巷尾随处可见的古老教堂，时不时传出管风琴的声音，生活像是被柔情的丝带拂面，放慢了脚步。

穿过利菲河，漫步在奥康奈尔大街上，看着鸽子懒懒散散地停驻在一座座伟人雕像上，像是天人合一，万物皆和平共处。不知不觉便走到了邮政总局，看着柱子上一个个留存着的子弹眼，突然像是被拉回到了二十世纪，而那时奥康奈尔大街还叫作萨克维尔街。也许你无法想象多年前你所站立的这块土地正堆着高起的沙袋，立着繁密的铁丝网。爱尔兰人民对于独立的渴求和抗争让人尊敬，但你不能忘了凯尔特民族同时还是一个热情友好、热爱生活的民族。记得和爱尔兰朋友聊起这场起义时，他告诉我说他奶奶经历了这场起义，但他自己也不太理解当时的人们究竟是如何看待这个经历的，因为这边你还在过着生活，而在两个街口之外的那边正在上演着枪战。

接到这份翻译任务时我正好在日本度假，收到邮件后思绪便自然而然地随着煎茶水雾升腾而去，飘回到了地球另一面的都柏林。是的，都柏林是一座有魅力的城市，也许你不会在一天、一周或者一个月内爱上它，但是当你在那居住数月、一年或者若干年后，你会突然发现它的美好所在，你会意识到为何这个民族会有这么多的文学名家、音乐名家。它会用最生活的方式去告诉你它的故事，就像这本书一样。

马依草

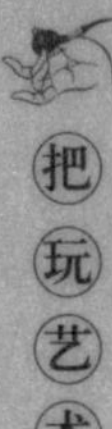

把玩艺术系列图书

烟斗把玩与鉴赏

（修订本）

健康伴侣 把玩艺术

于川 编著

北京出版集团公司
北京美术摄影出版社

烟斗把玩与鉴赏

（修订本）

把玩艺术 健康伴侣

于川 编著

北京美术摄影出版社
北京出版集团公司

把玩艺术系列图书